TRANZLATY

השפה מיועדת לכולם

El idioma es para todos

הגלגול

La Transformación
(*La Metamorfosis*)

פרנץ קפקא

Franz Kafka

עִבְרִית

Español

ISBN: 978-1-80572-172-7
Die Verwandlung
Franz Kafka, 1915

www.tranzlaty.com

חלק ראשון
Primera parte

גרגור סמסא התעורר בוקר אחד מחלומות מטרידים.

Gregorio Samsa se despertó una mañana de un sueño intranquilo.

הוא מצא את עצמו במיטתו, אך לא היה מסוגל לזוז.

Se encontró en su cama, pero incapaz de moverse.

הוא הפך למזיק מפלצתי.

Se había transformado en una alimaña monstruosa.

הוא שכב על גבו, שהיה קשה כמו שריון.

Estaba acostado boca arriba, sobre su espalda, que estaba dura como una armadura.

על ידי הרמת ראשו מעט הוא יכל לראות את בטנו.

Levantando un poco la cabeza podía ver su barriga.

אבל בטנו הייתה מעוגלת, ומחולקת לחלקים.

Pero su vientre estaba abovedado y dividido en segmentos.

השמיכה נחה על בטנו המעוגלת.

La manta descansaba encima de su vientre redondeado.

אבל השמיכה הייתה כמעט להחליק למטה לחלוטין.

Pero la manta estaba a punto de caerse por completo.

רגליו היו עלובות בהשוואה לגודלן הרגיל.

Sus piernas eran lamentables comparadas con su tamaño habitual.

ורגליו הרבות ריצדו בחוסר אונים לנגד עיניו.

Y sus muchas piernas se movían impotentes ante sus ojos.

"מה קרה לי?" הוא חשב לעצמו.

"¿Qué me ha pasado?" pensó para sí.

אבל זה לא היה חלום שהוא לא הצליח להתעורר ממנו.

Pero no era un sueño del que no pudiera despertar.

זה באמת היה החדר שלו עצמו שבו הוא מצא את עצמו.

En realidad era su propia habitación la que él se encontraba.

חדר אמיתי לבני אדם, אבל קצת קטן מדי.

Un auténtico espacio para humanos, aunque un poco pequeño.

הוא שכב בשקט בין ארבעת החומות הידועות.

Él yacía tranquilamente entre las cuatro paredes conocidas.

על השולחן היה מונח אוסף של דוגמיות טקסטיל.

Sobre la mesa había una colección de muestras textiles.

סמסא היה סוכן נודד, ומכאן הדוגמיות.

Samsa era un vendedor ambulante, de ahí las muestras.

מעל דוגמיות הטקסטיל המפורקות הייתה תמונה.

Encima de las muestras textiles desmontadas había una imagen.

הוא גזר לאחרונה את התמונה ממגזין.

Recientemente había recortado la imagen de una revista.

הוא הניח את התמונה במסגרת יפה ומצופה זהב.

Había colocado el cuadro en un bonito marco dorado.

התמונה הממוסגרת תיארה אישה יושבת זקופה.

El cuadro enmarcado mostraba a una dama sentada erguida.

היא חבשה כובע פרווה, והייתה לה כיסוי ראש מפרווה.

Llevaba un gorro de piel y tenía un manguito de piel.

היא הרימה את ידה לעבר הצופה בתמונה.

Ella estaba levantando su mano hacia el espectador de la imagen.

כל האמה שלה נעלמה בתוך כיסוי הפרווה הכבד שלה.

Todo su antebrazo desapareció dentro de su pesado manguito de piel.

גרגור הביט מבעד לחלון אל מזג האוויר הקודר.

Gregor miró por la ventana el clima gris.

אפשר היה לשמוע טיפות גשם כבדות פוגעות בחלון.

Se podía oír fuertes gotas de lluvia golpeando la ventana.

מזג האוויר האפור גרם לו להרגיש מלנכולי מאוד.

El clima gris lo hacía sentir muy melancólico.

"מה דעתך שאני אישן קצת יותר?" הוא חשב.

"¿Qué tal si duermo un poco más?" pensó.

"יותר שינה אולי תעזור לי לשכוח את השטויות האלה".

"Dormir más podría ayudarme a olvidar estas tonterías".

אבל לישון עוד היה בלתי אפשרי לחלוטין.

Pero dormir más era completamente inviable.

כי הוא היה רגיל לישון על צד ימין.

Porque estaba acostumbrado a dormir sobre su lado derecho.

אבל מצבו הנוכחי מנע את תנועותיו הרגילות.

Pero su estado actual le impedía realizar sus movimientos habituales.

לא הייתה לו שום דרך להגיע למצב הזה.

No tenía forma de llegar a esa posición.

הוא ניסה כמיטב יכולתו להטיל את עצמו על צדו הימני.

Intentó con todas sus fuerzas lanzarse hacia su lado derecho.

הוא כנראה ניסה את התנועה הזו מאה פעמים.

Probablemente intentó este movimiento cientos de veces.

אבל הוא תמיד התנדנד חזרה לתנוחת שכיבה על הגב.

Pero él siempre volvía a la posición supina.

הוא עצם את עיניו כדי לא לראות את רגליו המתנועעות.

Cerró los ojos para no ver sus piernas inquietas.

בסופו של דבר הכאב שלו מנע ממנו לנסות שוב.

Al final el dolor le impidió intentarlo de nuevo.

כאב עמום בצדו שמעולם לא הרגיש קודם לכן.

Un dolor sordo en el costado que nunca había sentido antes.

"אלוהים אדירים," חשב לעצמו גרגור סמסה בייאוש.

«Oh Dios», pensó desesperado Gregorio Samsa.

"איזה מקצוע מתיש בחרתי לעצמי"!

¡Qué profesión tan agotadora he elegido para mí!

"יום אחר יום, אני צריך לנסוע ממקום למקום במסגרת העבודה".

"Día tras día tengo que viajar por trabajo".

"עבודה משרדית הרבה יותר קלה מאשר עבודה בדרכים".

"El trabajo de oficina es mucho más fácil que trabajar fuera de casa".

"ויש לי את הקללה של לנסוע ממקום למקום".

"Y tengo la maldición de tener que viajar."

"כל הדאגות לגבי דיוק בזמן לרכבות".

"Todas las preocupaciones por llegar a tiempo a los trenes."

"זמני הארוחות שלי לא סדירים, והאוכל גרוע".

"Mis horarios de comida son irregulares y la comida es mala".

"החברים שלי תמיד משתנים מעיר לעיר".

"Mis amigos siempre están cambiando de ciudad en ciudad."

"האינטראקציות שלי קרות ומקצועיות".

"Las interacciones que tengo son frías y profesionales".

"שיעשה השטן הנאה בעבודה כזו"!

"¡Dejad que el Diablo se divierta con este tipo de trabajos!"

הוא הרגיש גירוד קל בחלק העליון של בטנו.

Sintió un ligero picor en la parte superior del estómago.

הוא דחף את עצמו אל עמוד המיטה, עם גבו.

Se apoyó contra el poste de la cama, con la espalda.

הוא רצה להיות מסוגל להרים את ראשו טוב יותר.

Quería poder levantar mejor la cabeza.

הוא מצא את הנקודה המגרדת שהטרידה אותו.

Encontró el punto que le picaba y le molestaba.

ראשו נראה כאילו מכוסה בנקודות לבנות קטנות.

Su cabeza parecía estar cubierta de pequeños puntos blancos.

מה היו הנקודות הלבנות הקטנות הללו הוא לא הצליח לומר.

No podía decir qué eran esos pequeños puntos blancos.

הוא תכנן לגעת במקום עם אחת מרגליו.

Había planeado tocar el lugar con una de sus piernas.

אבל כשהוא נגע במקום הוא הרגיש צמרמורת מוזרה.

Pero cuando tocó el lugar sintió un extraño escalofrío.

אז הוא מיד משך את רגלו מהמקום.

Entonces inmediatamente retiró la pierna del lugar.

לא הייתה לו ברירה אלא לקבל את תחושת הגירוד.

No tuvo más remedio que aceptar la sensación de picazón.

והוא חזר לתפקידו הקודם במיטה.

Y volvió a su posición anterior en la cama.

"להתעורר כל כך מוקדם באמת הופך אדם לטיפש לגמרי".

"Despertarse tan temprano realmente te vuelve bastante
estúpido".

"אדם חייב לישון מספיק", חשב לעצמו.

"Un hombre debe dormir lo suficiente", pensó.

"הסוכנים הנודדים האחרים חיים חיי יוקרה".

"Los demás vendedores ambulantes viven una vida de lujo."

"בבוקר אני מעביר את ההזמנות שקיבלתי".

"Por la mañana transfiero los pedidos que he recibido."

"בינתיים, הג'נטלמנים האלה עדיין אוכלים ארוחת בוקר".

"Mientras tanto esos señores todavía están desayunando."

"רק תדמיינו לעצמכם שאולי הייתי מנסה לעשות את זה עם הבוס
שלי".

"Imagínese si intentara hacer eso con mi jefe".

"הוא היה מפטר אותי לפני שסיימתי את ארוחת הבוקר שלי".

"Me despediría antes de terminar mi desayuno."

"אבל אולי זה גם לא יהיה הדבר הכי גרוע".

"Pero quizá eso tampoco sería lo peor."

"הבעיה היא שההורים שלי מעכבים אותי".

"El problema es que mis padres me están frenando".

"אם לא היו בשבילם כבר הייתי מתפטר".

"Si no fuera por ellos ya habría dimitido."

"הייתי עומד מול הבוס ואומר לו".

"Me habría enfrentado al jefe y se lo habría dicho".

"הייתי אומר בדיוק מה אני חושב עליו ועל התפקיד".

"Diría exactamente lo que pienso de él y del trabajo".

"הוא ייפול מהשולחן שלו אם אספר לו הכל"!

"¡Se caería del escritorio si le contara todo!"

"זה מאוד מוזר איך הוא יושב על שולחנו".

"Es muy extraña la forma en que se sienta en su escritorio".

"הדרך שבה הוא מדבר עם הכפופים לו אינה נכונה".

"La forma en que habla con sus subordinados no es correcta".

"והחלק הכי גרוע הוא שהשמיעה שלו כל כך גרועה".

"Y lo peor es que su audición es muy pobre".

"אז אין לך ברירה אלא לשבת קרוב מאוד אליו".

"Así que no te queda otra opción que sentarte muy cerca de
él."

"אבל עם כל זאת, התקווה עדיין לא אבדה לחלוטין".

Pero dicho todo esto, la esperanza no está completamente
perdida todavía.

"אחסוך את הכסף כדי לשלם את החובות של ההורים שלי".

"Ahorraré el dinero para pagar la deuda de mis padres".

אני לא יכול לעשות כלום כל עוד הם עדיין חייבים לו כסף".

"No puedo hacer nada mientras todavía le deban dinero".

"אבל כשהחוב ישולם אני בהחלט אעשה זאת".

"Pero cuando la deuda esté pagada definitivamente lo haré."

"זה כנראה ייקח עוד חמש עד שש שנים".

"Probablemente tomará otros cinco o seis años."

"כן, אז ההפרדה הגדולה בהחלט תתבצע".

"Sí, entonces definitivamente se hará la gran separación".

"עם זאת, לעת עתה אני חייב לקום מהמיטה".

"Por el momento, sin embargo, debo levantarme de la cama."

"כי הרכבת שלי יוצאת בחמש".

"Porque mi tren sale a las cinco en punto."

גרגור הביט בשעון המעורר שמתקתק על השולחן.

Gregor miró el despertador que sonaba sobre la mesa.

"אבי שבשמיים!" חשב כשראה את השעה.

"¡Padre Celestial!" pensó al ver la hora.

שש וחצי כבר חלפו בשקט.

Las seis y media ya habían pasado silenciosamente.

ומחוגי השעון המשיכו לנוע קדימה.

Y las manecillas del reloj seguían avanzando.

ועכשיו השעה התקרבה לרבע לשבע.

Y ahora se acercaba la cuarta hora menos cuarto.

"אולי השעון המעורר לא צלצל כדי להעיר אותי?" הוא חשב.

"¿Quizás la alarma no sonó para despertarme?", pensó.

ממיטתו בדק גרגור את השעון המעורר.

Desde la cama Gregor inspeccionó el despertador.

השעון המעורר כוון נכון לשעה ארבע.

El despertador estaba programado exactamente para las
cuatro.

הוא לא היה יכול להסביר את זה, אבל האזעקה בטח צלצלה.

No podía explicarlo, pero la alarma debió haber sonado.

איך ישנתי בלי לדעת דרך השעון המעורר?

"¿Cómo pude dormirme a pesar de la alarma sin darme
cuenta?"

כשהוא מצלצל, האזעקה אפילו מרעידה את הרהיטים.

Cuando suena la alarma incluso sacude los muebles.

הוא ידע ששנתו לא הייתה שלווה כלל.

Sabía que su sueño no había sido para nada tranquilo.

אבל אולי זו הסיבה ששנתו הייתה עמוקה הרבה יותר.

Pero quizá por eso su sueño era mucho más profundo.

הוא היה צריך לחשוב מה עליו לעשות עכשיו.

Tenía que pensar qué debía hacer ahora.

הרכבת הבאה יצאה רק בשעה שבע.

El siguiente tren no salía hasta las siete.

לתפוס את הרכבת הזאת יהיה כמעט בלתי אפשרי.

Coger ese tren sería casi imposible.

והוא עדיין לא ארז את הטקסטיל שהוא היה צריך.

Y aún no había empacado los textiles que necesitaba.

גם הוא לא הרגיש רענן וזריז במיוחד.

Tampoco se sentía especialmente fresco y ágil.

אולי הייתה סיכוי לעלות על הרכבת.

Quizás había una posibilidad de subir al tren.

אבל נזיפה מצד הבוס הייתה בלתי נמנעת בכל מקרה.

Pero de todas formas, un regaño por parte del jefe era inevitable.

הפקיד היה עולה על הרכבת של חמש.

El empleado habría subido al tren de las cinco.

פקיד המשרד היה יצור חסר עמוד שדרה של הבוס.

El oficinista era una criatura sin carácter del jefe.

אז היעדרותו של גרגור כבר הייתה מדווחת.

Así que la ausencia de Gregor ya habría sido informada.

"מה אם אני אודיע שאני חולה?" חשב גרגור.

"¿Qué pasa si llamo para avisar que estoy enfermo?" Gregor estaba pensando.

אבל זה יהיה מביך וחשוד ביותר.

Pero eso sería extremadamente embarazoso y sospechoso.

גרגור מעולם לא היה חולה בתקופה שעבד שם.

Gregor nunca había estado enfermo durante el tiempo que trabajó allí.

והוא כבר נתן להם חמש שנות שירות.

Y ya les había dado cinco años de servicio.

רוב הסיכויים שהבוס יבוא לבדוק מה שלומו.

Lo más probable era que el jefe viniera a ver cómo estaba.

הוא בטח יביא את רופא קופת החולים.

Probablemente traería al médico del seguro médico.

והוא יאשים את ההורים על בנם העצלן.

Y culparía a los padres por la pereza de su hijo.

הם לא היו יכולים להגיש לו שום התנגדות.

No podrían hacerle ninguna objeción.

כי בשבילו היו רק שני סוגי פועלים.

Porque para él sólo había dos clases de trabajadores.

או שהעובדים היו בריאים לחלוטין, או שהיו ביישנים מעבודה.

O bien los trabajadores estaban completamente sanos o bien eran reacios al trabajo.

והאם הוא בכלל יטעה בניתוח הבסיסי הזה?

¿Y estaría equivocado en ese análisis básico?

בוודאי, במקרה הזה, הייתה לו טיעון חזק.

Ciertamente, en este caso tenía un argumento sólido.

למרות מראהו, גרגור דווקא הרגיש די טוב.

A pesar de su apariencia, Gregor en realidad se sentía bastante bien.

השינה הארוכה המיותרת גרמה לו לנמנום קל.

El sueño innecesariamente largo lo dejó un poco somnoliento.

אבל חוץ מזה הוא לא יכול היה להתלונן על מחלה.

Pero aparte de eso no podía quejarse de enfermedad.

הוא אפילו הרגיש רעב חזק ובריא במיוחד.

Incluso sintió un hambre especialmente fuerte y saludable.

בעודו חשב על מחשבות אלה, השעון צלצל שוב.

Mientras pensaba estos pensamientos el reloj volvió a sonar.

לפי האזעקה, השעה הייתה עכשיו רבע לשבע.

Según la alarma eran ya las siete menos cuarto.

ועכשיו גם נשמעה דפיקה עדינה על הדלת.

Y ahora también se oyó un suave golpe en la puerta.

"גרגור," קרא אליו מישהו – זו הייתה האם.

—Gregor —lo llamó alguien. Era la madre.

"רבע לשבע", היא אישרה את הצלצול.

"Son las siete menos cuarto", confirmó la alarma.

"לא רצית לעזוב?" שאל הקול העדין.

¿No querías irte?, preguntó la suave voz.

גרגור פחד כששמע את קולו עונה.

Gregor se asustó cuando oyó su voz respondiendo.

הקול היה עדיין הקול שתמיד היה לו.

La voz seguía siendo la voz que siempre tuvo.

אבל עכשיו נשמע קול חדש שהתערבב בקולו.

Pero ahora había un nuevo sonido mezclado en su voz.

מעומק בתוכו בקע גם ציוץ כואב.

Desde lo más profundo de él también salió un doloroso chillido.

בהתחלה קולו נראה כיוצר מילים בבהירות.

Al principio su voz parecía formar palabras con claridad.

אבל אז שמע גרגור את ההד המנטלי של קולו.

Pero entonces Gregor escuchó el eco mental de su voz.

הקלטת קולו נשברה בצורה מוזרה.

La grabación de su voz se interrumpió de una manera extraña.

והוא לא היה בטוח אם שמע את הדברים נכון.

Y no estaba seguro de si había escuchado las cosas correctamente.

גרגור חש רצון עמוק לתת תשובה מפורטת.

Gregor sintió un profundo deseo de dar una respuesta detallada.

הוא רצה להסביר הכל בצורה ברורה לאימו.

Quería explicarle todo claramente a su madre.

אבל, בהתחשב בנסיבות, הוא נאלץ להגביל את עצמו.

Pero, dadas las circunstancias, tuvo que limitarse.

והוא ענה הרבה יותר קצר ממה שהיה רוצה.

Y respondió mucho más breve de lo que le hubiera gustado.

"כן אמא, אל תדאגי, תודה, אני כבר ערה".

-Sí madre, no te preocupes, gracias, ya estoy levantado.

דלת העץ כנראה עזרה להשתיק את קולו.

La puerta de madera probablemente ayudó a amortiguar su voz.

בחוץ, השינוי בקולו של גרגור נותר בלתי מורגש.

Desde fuera el cambio en la voz de Gregor pasó desapercibido.

נראה היה שהאם שהאם מרוצה מההסבר שלו.

La madre pareció estar satisfecha con su explicación.

והיא יצאה שוב באותה שקט שבו באה.

Y ella se fue de nuevo tan silenciosamente como había llegado.

אבל לשיחה הקצרה הייתה השפעה לא רצויה.

Pero la pequeña conversación tuvo un efecto no deseado.

הוא משך את תשומת ליבם של שאר בני המשפחה.

Llamó la atención de los demás miembros de la familia.

גרגור עדיין היה בבית ולא הלך לעבודה.

Gregor todavía estaba en casa y no había ido a trabajar.

ועכשיו גם האב דפק על הדלת הצדדית.

Y ahora el padre también llamó a la puerta lateral.

הוא דפק חלושות, אך נחוש, באגרופו.

Golpeó débilmente, pero decidido, con el puño.

"גרגור, גרגור," הוא קרא, "מה הבעיה"?

—Gregor, Gregor —gritó—, ¿cuál es el problema?

לאחר זמן קצר הוא הזהיר שוב בקול עמוק יותר.

Al cabo de un rato volvió a advertir con voz más grave.

אבל בדלת השנייה דפקה עכשיו האחות.

Pero ahora la hermana llamó a la puerta del otro lado.

"גרגור? אתה לא בסדר?" היא שאלה בשקט.

"¿Gregor? ¿No te encuentras bien?", preguntó en voz baja.

"יש משהו שאת צריכה?" היא שאלה בדאגה.

"¿Necesitas algo?" preguntó preocupada.

גרגור ענה לשני הצדדים: "כבר סיימתי".

Gregor respondió a ambas partes: "Ya he terminado".

הוא עשה כמיטב יכולתו לבטא את כל המילים בזהירות.

Había hecho todo lo posible para pronunciar todas las
palabras con cuidado.

והוא הסיר כל דבר בולט בקולו.

Y eliminó todo lo que era llamativo en su voz.

גם האב נראה מרוצה מהתשובה.

El padre también parecía satisfecho con la respuesta.

והוא חזר לארוחת הבוקר הלא גמורה שלו.

Y regresó a su desayuno inacabado.

אבל האחות לחשה, "גרגור, פתח, אני מתחננת בפניך".

Pero la hermana susurró: "Gregor, ábreme, te lo ruego".

אבל דאגתה אליו לא יכלה להזיז אותו בשום צורה.

Pero su preocupación por él no podía conmoverlo de ninguna
manera.

לגרגור לא הייתה שום כוונה לפתוח לה את הדלת.

Gregor no tenía intención de abrirle la puerta.

הוא רכש כמה הרגלי זהירות מטיולים.

Había adquirido algunos hábitos de cautela al viajar.

והוא שיבח את עצמו על כך שנעל את הדלתות.

Y se alababa a sí mismo por haber cerrado las puertas.

ראשית הוא רצה לקום בשקט בזמנו הפנוי.

Primero quiso levantarse tranquilamente y a su propio ritmo.

ובלי שיפריעו לו, הוא רצה להתלבש.

Y sin que nadie le molestara quiso vestirse.

לאחר שהשיג זאת, הוא רצה לאכול ארוחת בוקר.

Una vez logrado esto, quiso entonces desayunar.

רק אז הוא רצה לשקול את המצב לעומק.

Sólo entonces quiso reflexionar más sobre la situación.

הוא ידע שאין טעם לתכנן תוכניות במיטה.

Sabía que no tenía sentido hacer planes en la cama.

להגיע למסקנה הגיונית יהיה בלתי אפשרי.

Sería imposible llegar a una conclusión sensata.

היו פעמים אחרות שהוא התעורר עם כאבים קלים.

Había habido otras ocasiones en las que se despertó con
dolores leves.

כאבים אלה תמיד התבררו כדמיון טהור.

Estos dolores siempre resultaban ser pura imaginación.

כשקמים מהמיטה הכאב נעלם באופן בלתי נמנע.

Al levantarme de la cama el dolor invariablemente
desaparecía.

הוא היה סקרן לראות מה יקרה לרעיונות האלה.

Tenía curiosidad por ver qué pasaría con esas ideas.

השינוי בקולו כנראה נבע רק מהצטננות.

El cambio en su voz probablemente se debió sólo a un
resfriado.

הצטננות היא רק סכנה תעסוקתית למטיילים.

Los resfriados son simplemente un riesgo laboral para los
viajeros.

לא היה לו ספק שזהו ההסבר ההגיוני.

No tenía ninguna duda de que ésa era la explicación lógica.

להוריד את השמיכה מעצמו היה קל.

Logró quitarse la manta de encima con facilidad.

כל מה שהוא היה צריך לעשות זה לנשום ולנפח את עצמו.

Lo único que tenía que hacer era inhalar e inflarse.

השמיכה החליקה מגופו, ונפלה על הרצפה.

La manta se deslizó de su cuerpo y cayó al suelo.

גופו הרחב להפליא הקשה על דברים אחרים.

Su cuerpo increíblemente ancho dificultaba otras cosas.

הוא היה צריך ידיים וזרועות כדי לעמוד.

Habría necesitado brazos y manos para ponerse de pie.

אבל לא היו לו הגפיים שהיו לו פעם.

Pero ya no tenía las extremidades que solía tener.

במקום ידיים וזרועות היו לו הרבה רגליים קטנות.

En lugar de brazos y manos tenía muchas piernas pequeñas.

ורגליו זזו ללא הרף, ללא שליטתו.

Y sus piernas se movían constantemente, sin su control.

הוא ניסה לכופף רגל אחת, אך במקום זאת היא נמתחה.

Intentó doblar una pierna, pero en lugar de eso se estiró.

לבסוף הוא הצליח להשתלט על רגל אחת.

Finalmente logró controlar una pierna.

אבל אז שוחררה תנועת הרגליים האחרות.

Pero luego se liberó el movimiento de las otras piernas.

וכל רגליו רעדו בהתרגשות עצומה.

Y todas sus piernas se crisparon de extrema excitación.

ראשית הוא רצה להוציא את פלג גופו התחתון מהמיטה.

Primero quería sacar la parte inferior de su cuerpo de la cama.

אבל הוא עדיין לא ראה את פלג גופו התחתון.

Pero en realidad aún no había visto la parte inferior de su cuerpo.

והיה קשה מדי להזיז את החלק הזה בכל מקרה.

Y, de todas formas, resultó demasiado difícil mover esta pieza.

לבסוף, בכל כוחו, הוא עשה צעד פרוע אחד.

Finalmente, con todas sus fuerzas, realizó un movimiento salvaje.

ללא היסוס נוסף הוא התקדם.

Sin más vacilación, avanzó.

אבל הוא בחר בכיוון הלא נכון לנוע אליו.

Pero había elegido la dirección equivocada.

הוא הכה את גופו באלימות כנגד עמוד המיטה התחתון.

Golpeó violentamente su cuerpo contra el poste inferior de la cama.

הכאב הצורב שחש לימד אותו לקח חשוב.

El dolor ardiente que sintió le enseñó una valiosa lección.

החלק התחתון של גופו היה אולי רגיש יותר.

La parte inferior de su cuerpo era quizás más sensible.

אז הוא ניסה להוציא קודם את פלג גופו העליון מהמיטה.

Entonces intentó sacar primero la parte superior del cuerpo de la cama.

הוא סובב את ראשו בזהירות לכיוון הנכון.

Giró cuidadosamente la cabeza en la dirección correcta.

ובמהרה ראשו היה פונה אל קצה המיטה.

Y pronto su cabeza estaba mirando hacia el borde de la cama.

התנועה הזהירה הזו הייתה למעשה קלה עבורו.

Este movimiento cauteloso en realidad fue fácil para él.

ורוחבו ומשקלו לא עצרו את תנועתו.

Y su anchura y peso no detuvieron su movimiento.

מסת גופו עקבה באיטיות אחר סיבוב הראש.

La masa de su cuerpo siguió lentamente el giro de la cabeza.

אבל אז הוא הרים את ראשו מעבר לקצה המיטה.

Pero luego sostuvo su cabeza sobre el borde de la cama.

והוא התמודד עם פחד חדש שעדיין לא חשב עליו.

Y se enfrentó a un nuevo miedo en el que aún no había pensado.

התקדמות נוספת בדרך זו עלולה להיות מסוכנת.

Avanzar más por este camino podría ser peligroso.

הוא חשב שהוא פשוט ייתן לעצמו ליפול.

Había pensado que simplemente se dejaría caer.

אבל זה יהיה נס אם הוא לא יפצע את ראשו.

Pero sería un milagro si no se lesionara la cabeza.

עכשיו לא היה הזמן להסתכן באובדן הכרה.

Ahora no era el momento de arriesgarse a perder el conocimiento.

אולי עדיף היה להישאר במיטה אחרי הכל.

Quizás sería mejor quedarse en la cama después de todo.

אבל אז הוא היה צריך לעשות את אותו המאמץ כדי לחזור.

Pero luego tuvo que hacer el mismo esfuerzo para regresar.

אחרי כל המאמץ הזה הוא שכב שם בדיוק כמו קודם.

Después de todo ese esfuerzo él estaba tendido allí igual que
antes.

ועכשיו רגליו נראו כועסות אפילו יותר משהיו.

Y ahora sus piernas parecían incluso más enojadas que antes.

תנועות רגליו הפכו לבלתי נשלטות עוד יותר.

Los movimientos de sus piernas se habían vuelto aún más
incontrolables.

הוא לא ראה דרך לצאת מהמצב בו נקלע.

No veía manera de salir de la situación en la que se
encontraba.

לא ניתן היה להביא שלום וסדר מהכאוס הזה.

De este caos no fue posible sacar la paz ni el orden.

אבל הוא ידע שגם להישאר במיטה זו לא אופציה.

Pero sabía que quedarse en la cama tampoco era una opción.

להקריב הכל הייתה האפשרות הכי הגיונית.

Sacrificarlo todo era la opción más sensata.

הוא נאחז בתקווה הקלושה ביותר לקום מהמיטה.

Se aferró a la más mínima esperanza de levantarse de la cama.

אם הוא היה מצליח לעשות את זה, כל הסיכון היה שווה את זה.

Si lo hubiera conseguido, todo riesgo habría valido la pena.

אבל הוא גם נזכר במשהו אחר באותו הזמן.

Pero al mismo tiempo también recordó algo más.

"עדיפות על החלטות נואשות הן ההרהורים רגועים".

"Mejores que decisiones desesperadas son reflexiones
tranquilas."

בכל מאמציו הוא מיקד את עיניו בחלון.

Con todo su esfuerzo centró su mirada en la ventana.

אבל מה שראה הביא איתו מעט ביטחון ושמחה.

Pero lo que vio le trajo poca confianza y alegría.

ערפל הבוקר כיסה את כל הרחוב הצר.

La niebla de la mañana cubría toda la estrecha calle.

השעון המעורר צלצל שוב; עכשיו השעה הייתה שבע.

El despertador volvió a sonar; ahora eran las siete.

"כבר שבע בערב ועדיין יש ערפל כזה".

"Ya son las siete y todavía hay mucha niebla."

לזמן מה הוא שכב בשקט, נשם חלש בלבד.

Durante un rato permaneció en silencio, respirando
débilmente.

אולי קצת שקט יביא קצת נורמליות.

Quizás un poco de quietud traería algo de normalidad.

שתיקה מוחלטת יכולה להביא לתנאים האמיתיים.

Un silencio absoluto podría provocar las condiciones reales.

אבל לפני שהשעון צלצל שוב, הוא שבר את הדממה.

Pero antes de que el reloj volviera a sonar, rompió el silencio.

"לפני שהשעון יצלצל שוב, אני חייב לקום מהמיטה".

"Antes de que el reloj vuelva a sonar, debo levantarme de la
cama."

"אני בהחלט חייב להיות לגמרי מחוץ למיטה עד אז".

"Para entonces tengo que estar totalmente fuera de la cama."

"אחרי שבע ורבע המשרד ישלח מישהו".

"Después de las siete y cuarto la oficina enviará a alguien."

"כי המשרד נפתח לפני שבע".

"Porque la oficina abrió antes de las siete."

ועכשיו הוא התחיל לנענע את גופו מהמיטה.

Y ahora empezó a balancear su cuerpo fuera de la cama.

הוא זנח את התמקדות בפלג גופו העליון או התחתון.

Había abandonado el centrarse en la parte superior o inferior
de su cuerpo.

כל אורך גופו היה צריך לעזוב את המיטה.

Todo el largo de su cuerpo tuvo que salir de la cama.

הנפילה בכיוון הזה אמורה להגן על ראשו, הוא חשב.

Caer de esa manera debería proteger su cabeza, pensó.

הוא תכנן להרים את ראשו כשיפגע בקרקע.

Había planeado levantar la cabeza cuando cayera al suelo.

גב גופו נראה קשה מספיק לפגיעה.

La parte posterior de su cuerpo parecía lo suficientemente
dura para el impacto.

והשטיח היה שם כדי לרכך את הנחיתה.

Y la alfombra estaba allí para suavizar el aterrizaje.

אולם, הדאגה הגדולה ביותר שלו הייתה הרעש הרם.

Sin embargo, su mayor preocupación era el fuerte ruido.

רעש ההתרסקות היה מפחיד את כל מי שנמצא בבית.

El ruido estrepitoso asustaría a todos en la casa.

אולי הם לא יפחדו מהרעש הרם.

Quizás no les daría miedo el ruido fuerte.

אבל הם בוודאי היו מודאגים אם ישמעו.

Pero seguramente se preocuparían si oyeran eso.

אבל היה צורך לקחת את הסיכון של למשוך תשומת לב.

Pero había que correr el riesgo de llamar la atención.

השיטה החדשה הייתה יותר משחק מֵאשר מאמץ.

El nuevo método era más un juego que un esfuerzo.

הוא היה צריך לנענע את גופו בתנועות פתאומיות וקופצניות.

Tuvo que balancear su cuerpo con movimientos bruscos y espasmódicos.

גרגור כבר קם עד מחצית הדרך מהמיטה.

Gregor ya estaba medio levantado de la cama.

עכשיו עלתה במוחו מחשבה חדשה.

Ahora se le ocurrió una idea nueva.

"הכל היה יכול להיות כל כך קל אם מישהו היה בא לעזרתי".

"Todo sería tan fácil si alguien viniera en mi ayuda."

שני אנשים חזקים יספיקו לחלוטין.

"Dos personas fuertes serían suficientes."

אביו והמשרתת יהיו חזקים מספיק.

Su padre y la criada serían lo suficientemente fuertes.

הם רק יצטרכו להחליק את זרועותיהם מתחת לגבו.

Sólo tendrían que deslizar los brazos bajo su espalda.

ואז הם יכלו בקלות לקלף אותו מהמיטה.

Y luego pudieron sacarlo fácilmente de la cama.

אולי הם היו צריכים להוריד את משקלו לאט לאט.

Quizás habrían tenido que bajarle el peso poco a poco.

אני מקווה שאז הרגליים היו מוצאות את ייעודן.

Ojalá entonces las piernas hubieran encontrado su propósito.

"האם לא עדיף בסופו של דבר לקרוא לעזרה"?

¿No sería mejor después de todo pedir ayuda?

הבעיה הייתה כמובן שהוא נעל את הדלתות.

El problema, por supuesto, era que había cerrado las puertas.

היה משהו במחשבה שדגדג אותו.

Había algo en ese pensamiento que le hacía cosquillas.

ולמרות הקשיים שעבר, הוא לא הצליח להשתיק חיוך.

Y a pesar de sus dificultades, no pudo evitar esbozar una sonrisa.

הוא כבר היה קרוב לאבד את שיווי המשקל שלו עכשיו.

Ya estaba cerca de perder el equilibrio.

כל נדנוד קירב אותו לנפילה מהמיטה.

Cada movimiento lo acercaba más a caerse de la cama.

עד מהרה הוא יצטרך לקבל את ההחלטה הסופית.

Pronto tendría que tomar la decisión final.

בעוד חמש דקות השעה הייתה אמורה להיות שבע ורבע.

En cinco minutos serían las siete y cuarto.

בעודו חשב על מחשבות אלה, צלצל פעמון הדלת.

Mientras pensaba estos pensamientos, sonó el timbre.

"זה מישהו מהמשרד," הוא אמר לעצמו.

"Es alguien de la oficina", se dijo.

והוא כמעט קפא מפחד בגלל האורח.

Y casi se quedó paralizado de miedo ante la visita.

רגליו רקדו בפראות אפילו יותר מבעבר.

Sus piernas bailaron aún más salvajemente que antes.

אבל אז, לרגע, הכל נותר שקט.

Pero luego, por un momento, todo quedó en silencio.

"הם לא יפתחו את הדלת," אמר גרגור לעצמו.

"No abrirán la puerta", se dijo Gregor.

הוא עדיין היה שקוע בתקווה חסרת טעם.

Todavía estaba atrapado en una esperanza sin sentido.

אבל אז, כמובן, המשרתת הלכה אל הדלת.

Pero luego, por supuesto, la criada se dirigió a la puerta.

וכמו תמיד, היא פתחה את הדלת בפני המבקר.

Y como siempre, le abrió la puerta al visitante.

גרגור רק היה צריך לשמוע את ברכתו הראשונה של האורח.

A Gregor le bastó con oír el primer saludo del visitante.

הוא יכל מיד לראות מי בא לקחת אותו.

Pudo saber inmediatamente quién había venido a buscarlo.

הפקיד הראשי בעצמו בא לבדוק מה שלום סמסה.

El propio jefe de oficina había venido a ver cómo estaba
Samsa.

מדוע גרגור היה היחיד שנידון לגורל זה?

¿Por qué Gregor fue el único condenado a este destino?

למה רק הוא היה צריך לשרת בארגון כזה?

¿Por qué sólo él tuvo que servir en tal organización?

כל חוסר תשומת לב קל עורר מיד חשד.

El más mínimo descuido despertaba inmediatamente
sospechas.

האם כל העובדים שעבדו שם היו נבלים?

¿Todos los empleados que trabajaban allí eran unos
sinvergüenzas?

האם לא היה ביניהם אדם נאמן ומסור?

¿No había entre ellos ninguna persona fiel y devota?

הם לא יכלו פשוט לשלוח חניך?

¿No podrían haber enviado simplemente un aprendiz?

האם כל השאלות האלה באמת היו נחוצות בכלל?

¿Era realmente necesario todo este cuestionamiento?

האם הנציג המורשה היה צריך להגיע בעצמו?

¿El representante autorizado tenía que venir personalmente?

האם היה צריך להודיע לכל המשפחה התמימה?

¿Había que informar a toda la familia inocente?

כל השיקולים הללו הניעו את גרגור לפעולה.

Todas estas consideraciones impulsaron a Gregor a actuar.

הוא זינק מהמיטה בכל כוחו.

Se levantó de la cama con todas sus fuerzas.

נשמעה חבטה חזקה, אבל זה לא היה באמת רעש.

Se escuchó un fuerte estallido, pero no era realmente un ruido.

השטיח ריכך מעט את הסתיו.

La caída había sido ligeramente suavizada por la alfombra.

גבו היה גמיש יותר משחשב גרגור.

Su espalda era más elástica de lo que Gregor había pensado.

אז הצליל היה עמום יותר, ולא כל כך מורגש.

Así que el sonido era más apagado y no tan perceptible.

אבל הוא לא טיפל בראשו במהלך הנפילה.

Pero no había cuidado su cabeza durante la caída.

וכשהוא פגע בקרקע הוא גם פגע בראשו.

Y cuando golpeó el suelo también se golpeó la cabeza.

הוא שפשף את ראשו על השטיח בכעס ובכאב.

Se frotó la cabeza contra la alfombra con rabia y dolor.

אבל המנהל בחדר הסמוך שמע את הרעש.

Pero el gerente de la habitación de al lado escuchó el ruido.

"משהו נפל שם", הוא ציין בצדק.

"Algo cayó allí", observó correctamente.

גרגור ניסה לדמיין את המנהל במצבו.

Gregor intentó imaginarse al gerente en su situación.

"האם אותו דבר יכול לקרות לו?" הוא תהה.

"¿Podría pasarle lo mismo a él?" se preguntó.

הוא קיבל את העובדה שאירוע מוזר זה אפשרי.

Aceptó que este extraño acontecimiento pudiera ser posible.

ואז הפקיד הראשי צעד כמה צעדים אל החדר.

Y entonces el jefe de oficina dio unos pasos hacia la habitación.

זו הייתה כמעט תשובה גסה לשאלה שהוא שאל.

Fue casi una respuesta burda a la pregunta que hizo.

מגפי העור שלו חרקו כשהתקרב לדלת.

Sus botas de cuero crujieron cuando se acercó a la puerta.

מהחדר מימינו לחשה לו המשרתת שלו.

Desde la habitación de su derecha su criada le susurró:

גרגור, הנציג המורשה כאן.

Gregor, el representante autorizado está aquí.

"אני יודע," אמר גרגור, אבל רק בשקט לעצמו.

—Lo sé —dijo Gregor, pero sólo en voz baja, para sí mismo.

הוא לא העז להרים את קולו מעל ללחישה.

No se atrevió a levantar la voz por encima de un susurro.

כי גרגור לא רצה שאחותו תשמע אותו.

Porque Gregor no quería que su hermana lo oyera.

"גרגור," אמר האב מהחדר משמאל.

—Gregor —dijo el padre desde la habitación de la izquierda.

"המנהל הגיע לבדוק מה הבעיה".

"El gerente ha venido a comprobar cuál es el problema".

"הוא שאל למה לא עזבת ברכבת המוקדמת".

"Él te preguntó por qué no saliste en el tren temprano."

"אנחנו לא יודעים מה להגיד לו," אמר האב.

"No sabemos qué decirle", dijo el padre.

"דרך אגב, הוא גם רוצה לדבר איתך באופן אישי".

"Por cierto, también quiere hablar contigo personalmente."

"בבקשה פתח את הדלת, כדי שיוכל לדבר איתך".

"Por favor, abre la puerta para que pueda hablar contigo."

"הוא יהיה מספיק נחמד לסלוח על הבלגן בחדר".

"Tendrá la amabilidad de disculpar el desorden en la habitación".

"בוקר טוב, מר סמסה," קרא אליו המנהל.

"Buenos días, señor Samsa", le saludó el gerente.

והוא בהחלט דיבר אליו בצורה ידידותית.

Y ciertamente le habló de manera amistosa.

"הוא לא מרגיש טוב," אמרה האם למנהל.

"No está bien", le dijo la madre al gerente.

"הוא לא מרגיש טוב בכלל, תאמין לי, מנהל יקר".

"No se encuentra bien en absoluto, créame, querido gerente."

"למה אחרת גרגור יפספס את רכבת הבוקר"?

¿Por qué si no, Gregor perdería el tren de la mañana?

"לילד אין דבר על הראש מלבד העסק".

"El chico no tiene nada en la cabeza excepto el negocio."

"זה כמעט מעצבן אותי שהוא לא עושה כלום אחר".

"Casi me molesta que no haga nada más".

"הלוואי והוא יצא בערבים לאוויר צח".

"Me gustaría que saliera por las noches a tomar aire fresco".

"הוא היה בעיר שמונה ימים בענייני עסקים".

"Estuvo en la ciudad ocho días por negocios."

"אבל אז הוא היה בבית בכל אחד מאותם ערבים"

"Pero él estaba en casa todas esas noches"

"הוא יושב ליד השולחן שלנו וקורא עיתון".

"Se sienta en nuestra mesa y lee el periódico".

"בפעמים אחרות, הוא לומד את לוחות הזמנים של הרכבות".

"En otras ocasiones, estudia los horarios de los trenes."

"לפעמים הוא כן מעסיק את עצמו בנגרות".

"A veces se mantiene ocupado con la carpintería".

"לדוגמה, הוא גילף מסגרת תמונה קטנה מעץ".

"Por ejemplo, talló un pequeño marco de madera para
cuadros".

"במשך שניים או שלושה ערבים הוא היה עסוק עם המסור".

"Estuvo ocupado con la sierra durante dos o tres tardes".

"תופתעו לגלות כמה יפה מסגרת התמונה".

"Te sorprenderá lo bonito que es el marco de fotos".

"הוא תלה את מסגרת התמונה בחדרו".

"Ha colgado el marco de fotos en su habitación."

"כשהוא יפתח את הדלת תראה את עבודות העץ שלו".

"Cuando abra la puerta veréis su carpintería."

"דרך אגב, אני שמח שאתה כאן, מר פרוקוריסט".

"Por cierto, me alegro de que esté aquí, señor Prokurist".

"אנחנו לבד לא היינו יכולים לגרום לגרגור לפתוח את הדלת".

"Solos no habríamos podido lograr que Gregor abriera la
puerta."

"הוא כל כך עקשן", הודתה אמו בפני הפקידה.

"Es muy terco", le confesó su madre al empleado.

"הוא בהחלט לא מרגיש טוב, למרות שהוא הכחיש זאת קודם".

"Ciertamente está enfermo, aunque antes lo negó".

"אני אהיה שם מיד," אמר גרגור לאט ובזהירות.

"Estaré allí enseguida", dijo Gregor lentamente y con cuidado.

אבל הוא לא עשה שום תנועה לעבר דלת החדר.

Pero no hizo ningún movimiento hacia la puerta de la
habitación.

הוא לא רצה לאבד מילה אחת מהשיחה.

No quería perderse ni una palabra de la conversación.

הפקיד הראשי הסכים עם הערכתה של האם.

El secretario jefe estuvo de acuerdo con la evaluación de la
madre.

"גם אני לא יכול להסביר את זה אחרת, גברתי".

-Tampoco puedo explicarlo de otra manera, señora.

"בואו כולנו נקווה שהוא לא יחלה במחלה קשה", אמר.

"Esperemos que no tenga ninguna enfermedad grave", dijo.

"מצד שני, זהו סיכון בתעשייה שלנו".

"Por otro lado, es un peligro en nuestra industria".

"אנחנו, אנשי העסקים, לעתים קרובות צריכים להתגבר על אי נוחות".

"Nosotros, los empresarios, a menudo tenemos que superar el malestar."

"אנשי מקצוע פשוט צריכים להתגבר על כאבים קלים".

"Los profesionales simplemente tienen que aguantar los dolores leves".

בינתיים אביו דפק שוב על הדלת השנייה.

Mientras tanto su padre volvió a llamar a la otra puerta.

"האם הפקיד הראשי יכול להיכנס עכשיו?" הוא רצה לדעת.

"¿Puede entrar ahora el jefe de oficina?" quiso saber.

"לא, הוא לא יכול," ענה גרגור לשאלת אביו.

"No, no puede", respondió Gregor a la pregunta de su padre.

דממה מביכה השתררה בחדר משמאל.

Un silencio incómodo cayó en la habitación de la izquierda.

בחדר מימין התחילה האחות לבכות.

En la habitación de la derecha la hermana comenzó a sollozar.

למה האחות לא הלכה להיות עם האחרים?

¿Por qué la hermana no se había ido a estar con los demás?

היא בטח בדיוק קמה מהמיטה, הוא חשב.

Probablemente acababa de levantarse de la cama, pensó.

אולי היא אפילו לא התחילה להתלבש עדיין.

Es posible que ni siquiera haya empezado a vestirse todavía.

אבל גרגור לא הבין למה היא בוכה.

Pero Gregor no podía entender por qué ella lloraba.

האם זה בגלל שהוא לא קם ולא נתן למנהל להיכנס?

¿Fue porque no se levantó y dejó entrar al gerente?

האם זה בגלל שהוא היה בסכנת איבוד מקום עבודתו?

¿Fue porque estaba en peligro de perder su trabajo?

האם הבוס יכול לבוא אחרי ההורים כמו קודם?

¿Podría el jefe venir a buscar a los padres como antes?

האם הוא עמד להציב מהם שוב את הדרישות הישנות?

¿Iba a volver a hacerles las mismas exigencias de siempre?

כנראה שלא היה צריך לדאוג לדברים האלה.

Estas cosas probablemente no hacían que hubiera que preocuparse.

לעת עתה לא הייתה לה סיבה לבכות.

Por el momento no tenía motivos para llorar.

גרגור עדיין היה כאן, מפרנס את המשפחה.

Gregor todavía estaba allí, manteniendo a la familia.

והוא מעולם לא התכוון לעזוב את המשפחה.

Y nunca tuvo intención de abandonar a la familia.

לעת עתה הוא פשוט שכב שם על השטיח.

Por el momento, simplemente permaneció tendido sobre la alfombra.

המשפחה לא ידעה באיזה מצב הוא נמצא.

La familia desconocía la condición en la que se encontraba.

אילו ידעו, לא היו מעודדים את הבוס שלו.

Si lo hubieran sabido no habrían animado a su jefe.

הם אפילו לא היו נותנים למנהל להיכנס לבית.

Ni siquiera habrían dejado entrar al gerente a la casa.

לסלק אותו לא היה גס רוח במיוחד.

No habría sido particularmente grosero rechazarlo.

הוא היה יכול בקלות למצוא תירוץ הולם בהמשך.

Fácilmente podría haber encontrado una excusa adecuada más tarde.

זה לא היה משהו שהיה יכול להיות מפוטר בגללו.

No era algo por lo que lo hubieran podido despedir.

גרגור הרגיש שזה יהיה הגיוני יותר עכשיו להישאר לבד.

Gregor pensó que ahora sería más sensato que lo dejaran solo.

להטריד אותו בבכי ודיבור לא השיג הרבה.

Molestarlo con llantos y conversaciones no sirvió de mucho.

אבל דווקא חוסר הוודאות הוא שהטריד את האחרים.

Pero fue la incertidumbre lo que molestó a los demás.

וחוסר הוודאות הזה הוא שהצדיק את התנהגותם.

Y fue esta incertidumbre la que justificó su comportamiento.

"מר סמסה," קרא המנהל בקול רם.

—¡Señor Samsa! —gritó el gerente en voz alta.

"מה קורה איתך?" הוא רצה לדעת.

"¿Qué te pasa?" quiso saber.

"התבצרת בחדר שלך".

"Te has atrincherado en tu habitación."

"אתה עונה רק ב'כן' או ב'לא'."

"Solo puedes responder con un 'sí' o un 'no'."

"אתה גורם להורים שלך דאגות קשות".

"Estás causando serias preocupaciones a tus padres."

"אני לא רואה סיבה טובה שתדאיגי אותם".

"No veo ninguna buena razón para preocuparlos".

"יש עוד דבר אחד שאזכיר כבדרך אגב".

"Hay otra cosa más que mencionaré de paso."

"אתה גם מזניח את חובותיך העסקיות כלפינו".

"También estás descuidando tus obligaciones comerciales
hacia nosotros".

"חוסר אחריות כזה הוא לגמרי מחוץ לאופי שלך".

"Esa irresponsabilidad está totalmente fuera de tu carácter".

אני מדבר כאן בשם ההורים שלך ובשם הבוס שלך.

"Hablo aquí en nombre de tus padres y de tu jefe".

"ואני מבקש ממך הסבר מיידי וברור".

"Y os pido una explicación inmediata y clara."

"כל העניין הזה באמת מדהים אותי, אני חייב לציין".

"Todo esto realmente me sorprende, debo decir".

חשבתי שאני מכיר אותך כאדם רגוע והגיוני".

"Pensé que te conocía como una persona tranquila y
razonable."

"אבל עכשיו אתה מראה לנו צד אחר שלך".

"Pero ahora nos estás mostrando un lado diferente de ti".

"פתאום אתה מפגין את הגחמות המוזרות מאוד שלך".

"De repente estás mostrando tus caprichos tan peculiares."

"אבל ייתכן שיש הסבר לכישלון שלך".

"Pero podría haber una explicación para tu fracaso".

"הבוס הזכיר חוב שגבית עבורנו".

"El jefe mencionó una deuda que usted había cobrado para
nosotros."

"נתתי לבוס את מילת הכבוד שלי בשמך".

"Le di al jefe mi palabra de honor en tu nombre".

"אבל עכשיו אני רואה את העקשנות הבלתי נתפסת שלך".

"Pero ahora veo tu incomprensible terquedad."

"אני עדיין עלול לאבד את כל הרצון שלי לעזור לך בכלל".

"Aún podría perder todo mi deseo de ayudarte."

"הביטחון התעסוקתי שלך אינו יציב לחלוטין".

"Su seguridad laboral no es en absoluto totalmente estable".

"במקור התכוונתי לספר לך את כל זה באופן פרטי".

"Originalmente tenía la intención de contarte todo esto en privado".

"אבל עכשיו אני רואה שאתה רוצה שאבזבז את זמני כאן".

"Pero ahora veo que quieres que pierda mi tiempo aquí".

"אז אני לא רואה סיבה שההורים שלך לא ידעו".

"Así que no veo ninguna razón por la que tus padres no deberían saberlo."

"הביצועים האחרונים שלך לא היו משביעי רצון".

"Su desempeño reciente no ha sido satisfactorio."

אני מודה שהמכירות איטיות יותר בתקופה זו של השנה.

"Reconozco que las ventas son más lentas en esta época del año".

"אבל אין זמן בשנה שבו אין מכירות".

"Pero no hay época del año en que no haya ventas".

לרגע גרגור שכח את כל מה שסביבו.

Por un momento Gregor olvidó todo lo que le rodeaba.

"אבל מר פרוקוריסט," צעק גרגור בייאוש.

—¡Pero señor Prokurist! —gritó Gregor desesperado.

"אני אפתח את הדלת מיד, עכשיו, אל תדאג".

"Abriré la puerta enseguida, ahora mismo, no te preocupes."

"הבעיה היא שאני מרגיש די לא טוב".

"El problema es que me he estado sintiendo bastante mal."

"הסחרחורת שלי מנעה ממני להגיע לדלת".

"Mi mareo me impidió llegar a la puerta."

אני עדיין שוכב במיטה, אבל אני מרגיש הרבה יותר טוב".

"Todavía estoy en cama, pero me siento mucho mejor."

"רגע אחד, בבקשה, אני בדיוק קם מהמיטה".

"Un momento por favor, me estoy levantando de la cama."

"רגע של סבלנות זה כל מה שאני מבקש, מר פרוקוריסט".

"Un momento de paciencia es todo lo que pido, señor Prokurist."

"זה לא הולך כמו שחשבתי, אבל אני אהיה בסדר".

"No va tan bien como pensaba, pero estaré bien".

איך דבר כזה יכול לקרות לבן אדם כל כך מהר?

"¿Cómo puede sucederle algo así a una persona tan rápidamente?"

"הרגשתי בסדר אתמול בלילה, ההורים שלי יודעים את זה".

"Me sentí bien anoche, mis padres lo saben."

"אבל אולי כבר הייתה לי תחושה מוקדמת קטנה אז".

"Pero quizá ya tuve una pequeña premonición entonces."

"אולי תשאלו למה לא דיווחתי על כך במשרד".

"Quizás te preguntes por qué no lo reporté en la oficina".

"חשבתי שארגיש הרבה יותר טוב שוב בבוקר".

"Pensé que me sentiría mucho mejor por la mañana".

"תמיד חושבים שעד אז הם ינצחו את המחלה".

"Uno siempre piensa que para entonces ya habrá superado la enfermedad."

"אבל בבקשה! תחסכו מהההורים שלי מהההאשמות האלה"!

"¡Pero por favor! ¡Libera a mis padres de estas acusaciones!"

"לא נאמר לי מילה על מה שסיפרת לי".

"No me han dicho ni una palabra de lo que me contaste."

"ייתכן שלא קראת את הפקודות האחרונות ששלחתי".

"Puede que no hayas leído las últimas órdenes que envié".

"דרך אגב, אתה לא צריך לדאוג לי היום".

"Por cierto, no tienes que preocuparte por mí hoy."

"אני עדיין אקח את הרכבת של שמונה".

"Aun así voy a tomar el tren de las ocho."

"שעות המנוחה המעטות חיזקו אותי מספיק".

"Las pocas horas de descanso me han fortalecido bastante".

"אין באמת צורך שתחכה, מנהל".

"Realmente no hay necesidad de esperar, gerente."

"גם אני אהיה במשרד בקרוב בעצמי".

"Yo también estaré en la oficina muy pronto."

"ובבקשה, תהיה כל כך נחמד ותכתוב מילה טובה בשבילי".

"Y por favor, ten la amabilidad de decirme algo bueno".

גרגור הגה את הסברו בחיפזון רב.

Gregor había pronunciado su explicación con bastante precipitación.

הוא בקושי ידע מה הוא באמת מנסה לומר.

Apenas sabía lo que realmente estaba tratando de decir.

הוא ניגש לקופסה, וניסה להשתמש בה כדי לקום.

Se acercó a la caja y trató de usarla para ponerse de pie.

הייתה לו באמת כוונה מלאה לפתוח את הדלת.

Realmente tenía toda la intención de abrir la puerta.

הוא רצה להיראות על ידי הנציג המורשה.

Quería ser visto por el representante autorizado.

והוא רצה לפתור את הבעיה איתו באופן אישי.

Y quería resolver el problema con él personalmente.

הוא היה להוט לדעת איך האחרים יגיבו אליו.

Estaba ansioso por saber cómo reaccionarían los demás ante
él.

הם בטח כבר להוטים לראות מה שלומו.

Ya deben estar ansiosos por ver cómo está.

היו שתי דרכים אפשריות בהן הם יכלו להגיב אליו.

Había dos formas posibles en las que podían reaccionar ante
él.

אפשרות אחת הייתה שהם יפחדו.

Una posibilidad era que estuvieran asustados.

אם הם היו מפוחדים אז אין לו שום אחריות.

Si estaban asustados entonces él no tenía ninguna
responsabilidad.

ואז הוא לא יצטרך לדאוג מהמצב.

Y entonces no tendría que preocuparse por la situación.

אבל הייתה גם אפשרות נוספת לחשוב עליה.

Pero también había otra posibilidad en la que pensar.

אולי הם יקבלו את התנהגותו ברוגע.

Quizás aceptarían con calma su forma de ser.

אז גם לגרגור לא תהיה סיבה להתעצבן.

Entonces Gregor tampoco tendría motivos para enojarse.

עדיין יהיה מספיק זמן להגיע לרכבת.

Todavía habría tiempo suficiente para coger el tren.

עם זאת, עמידה זקופה לא הייתה משימה קלה בשום אופן.

Sin embargo, mantenerse en pie no fue una tarea fácil.

בכמה ניסיונותיו הראשונים הוא החליק מהקופסה.

En sus primeros intentos se resbaló de la caja.

הקופסה הייתה חלקה מדי מכדי שיוכל לעמוד מולי.

La caja era demasiado lisa para que él pudiera apoyarse contra ella.

ולבסוף הוא נתן לעצמו דחיפה אחרונה לקום.

Y finalmente se dio un último empujón para ponerse de pie.

הוא לא שם לב יותר לכאב בבטנו.

Ya no le prestó más atención al dolor en su abdomen.

לא משנה כמה הכאב היה גדול, הוא היה עובר אותו.

No importaba cuánto dolor sintiera, él lo superaría.

הוא נתן לעצמו ליפול על גב כיסא סמוך.

Se dejó caer contra el respaldo de una silla cercana.

והוא נאחז בקצוות עם רגליו הקטנות.

Y se agarró a los bordes con sus pequeñas piernas.

בשלב הזה הוא כבר שלט בעצמו יותר.

En ese momento ya tenía más control de sí mismo.

ונפילתו הייתה שקטה יותר מהקודמת.

Y su caída fue más silenciosa que la anterior.

כי הוא היה צריך להקשיב למה שהמנהל אמר.

Porque tenía que escuchar lo que decía el gerente.

"הבנתם משהו מזה?" הוא שאל את ההורים.

¿Entendieron algo de eso?, preguntó a los padres.

"הוא לא היה עושה מאיתנו צחוק, נכון"?

"No se burlaría de nosotros, ¿verdad?"

"למען השם," קראה האם, כבר בוכה.

—¡Por Dios! —gritó la madre, ya llorando.

"ייתכן שהוא חולה מאוד ואנחנו מתעללים בו".

"Puede que esté gravemente enfermo y lo estamos atormentando".

"גרטה! גרטה!" היא צרחה אל הבת.

"¡Grete! ¡Grete!", le gritó a la hija.

"אמא?" קראה האחות מהצד השני.

"¿Mamá?" llamó la hermana desde el otro lado.

אחר כך הם התקשרו דרך חדרו של גרגור.

Luego se comunicaron a través de la habitación de Gregor.

גרגור חולה מאוד והוא צריך תרופות.

Gregor está muy enfermo y necesita medicamentos.

"תצטרך ללכת לרופא מיד".

"Tendrás que ir al médico inmediatamente."

"שמעת איך גרגור דיבר עכשיו"?

¿Escuchaste cómo habló Gregor hace un momento?

"זה היה קול של חיה," אמר המנהל.

"Esa era la voz de un animal", dijo el gerente.

דבריו היו שקטים לעומת צרחותיה של האם.

Sus palabras eran silenciosas comparadas con los gritos de la madre.

"אנה! אנה!" קרא האב דרך חדר ההמתנה.

—¡Anna! ¡Anna! —llamó el padre desde la antesala.

והוא מחא כפיים כדי למשוך את תשומת ליבם.

Y aplaudió para llamar su atención.

"תזמינו מנעולן מיד!" הוא הורה לעוזרת הבית.

"¡Llama a un cerrajero inmediatamente!" le ordenó a la criada.

הבנות, בחצאיותיהן, רצו דרך חדר ההמתנה.

Las muchachas, con sus faldas, corrían por la antesala.

וחצאיותיהן רשרשו כשהן רצו על פני חדרו.

Y sus faldas crujieron mientras corrían frente a su habitación.

"איך האחות התלבשה כל כך מהר?" הוא חשב.

"¿Cómo se vistió la hermana tan rápido?" pensó.

הדלת נקרעה לרווחה, אך היא לא נטרקה.

La puerta se abrió de golpe, pero no se cerró de golpe.

זה נפוץ בבתים שבהם מתרחשת אסון גדול.

Esto es común en los hogares donde ocurre una gran desgracia.

אבל כל זה גרם לגרגור להיות הרבה יותר רגוע.

Pero todo esto había hecho que Gregor se volviera mucho más tranquilo.

כשהוא שמע את דבריו שלו הם נראו לו ברורים.

Cuando escuchó sus propias palabras le parecieron claras.

למעשה, הוא הרגיש שדבריו היו ברורים יותר.

De hecho, sintió que sus palabras habían sido más claras.

אבל האחרים כבר לא הבינו מה הוא אמר.

Pero los demás ya no entendían lo que decía.

אולי הוא כבר התרגל לאוזניו.

Quizás ya se había acostumbrado a sus oídos.

אבל לפחות עכשיו הם הבינו את מצבו טוב יותר.

Pero al menos ahora entendían mejor su situación.

הם הבינו שבאמת משהו לא בסדר איתו.

Se dieron cuenta de que realmente había algo mal con él.

ועכשיו הם עשו כל שביכולתם כדי לעזור לו.

Y ahora estaban haciendo todo lo que podían para ayudarlo.

זה נתן לגרגור תחושה של ביטחון שחסר לו.

Esto le dio a Gregor una sensación de confianza que le faltaba.

והוא הרגיש שוב הרבה יותר בטוח בתוך המשפחה.

Y se sintió nuevamente mucho más seguro en la familia.

הוא הרגיש שהוא שוב נכלל במעגל האנושי.

Se sintió incluido nuevamente en el círculo humano.

עכשיו הוא היה צריך לקוות שהמנעולן יוכל לפתוח את הדלת.

Ahora tenía que esperar que el cerrajero pudiera abrir la
puerta.

והוא קיווה שהרופא יוכל לבצע משימות כאלה.

Y esperaba que el médico pudiera realizar tales tareas.

הוא יצטרך לדבר שוב בקרוב.

Pronto tendría que hablar más.

קולו היה חייב להיות צלול ככל האפשר.

Su voz tendría que ser lo más clara posible.

כדי להתכונן לפגישה הוא כחכח בגרונו.

Para prepararse para la reunión se aclaró la garganta.

עם זאת, הוא עשה כמיטב יכולתו להשתעל רק בשקט רב.

Sin embargo, hizo todo lo posible para toser muy
silenciosamente.

ייתכן שהרעש נשמע שונה משיעול אנושי.

El ruido podría haber sonado diferente a una tos humana.

הוא ידע שהוא כבר לא יכול להבחין בין דברים כאלה.

Sabía que ya no podía diferenciar esas cosas.

בחדר הסמוך נהיה שקט מוחלט.

En la habitación contigua reinaba un silencio absoluto.

ההורים כנראה ישבו ליד השולחן.

Los padres probablemente estaban sentados a la mesa.

ייתכן שהם לחשו עם המנהל.

Quizás estaban susurrando con el gerente.

אולי כולם נשענים על הדלת והקשיבו.

Quizás todos estaban apoyados en la puerta y escuchando.

גרגור דחף באיטיות את הכיסא לעבר הדלת.

Gregor empujó lentamente la silla hacia la puerta.

הוא דחף את הדלת והחזיק את עצמו זקוף.

Empujó la puerta y se mantuvo en pie.

הוא גילה שכריות רגליו היו מעט דבק.

Se enteró de que las almohadillas de sus pies tenían un poco de pegamento.

והוא נח שם לרגע מהמאמץ.

Y descansó allí un momento del esfuerzo.

לאחר שנח מספיק, הוא החל במשימה הבאה.

Después de descansar lo suficiente, comenzó con la siguiente tarea.

הוא התחיל לסובב את המפתח במנעול בעזרת פיו.

Empezó a girar la llave en la cerradura con la boca.

לרוע המזל, נראה שלא היו לו שיניים של ממש.

Desafortunadamente, parecía que no tenía dientes reales.

אבל איזו דרך אחרת הייתה לו לתפוס את המפתחות?

¿Pero qué otra forma tenía de conseguir las llaves?

למרבה המזל, לסתותיו היו כמובן חזקות מאוד.

Afortunadamente para él, sus mandíbulas eran, por supuesto, muy fuertes.

בעזרת לסתותיו הוא באמת הצליח להזיז את המפתח.

Con la ayuda de sus mandíbulas realmente consiguió mover la llave.

לא היה לו ספק שהוא גורם גם לעצמו נזק.

No tenía ninguna duda de que él también se estaba haciendo daño.

כי נוזל חום יצא לו מהפה.

Porque de su boca salía un líquido marrón.

הנוזל החום זרם על המפתח ולמטה בדלת.

El líquido marrón fluyó sobre la llave y por la puerta.

אבל גרגור לא היה אכפת שהוא פוגע בעצמו.

Pero a Gregorio no le importaba hacerse daño a sí mismo.

"אתה שומע את זה?" אמר המנהל בחדר הסמוך.

"¿Puedes oír eso?" dijo el gerente en la habitación de al lado.

"הוא מסובב את המפתח," שם לב המנהל.

"Está girando la llave", había notado el gerente.

מילים אלה היו עידוד גדול עבור גרגור.

Estas palabras fueron un gran estímulo para Gregor.

אבל גם האב והאם היו צריכים לקרוא:

Pero el padre y la madre también deberían haber gritado:

"יופי, גרגור," הם היו צריכים לצעוק לו.

«¡Bien, Gregor!», deberían haberle gritado.

"תמשיך, תמשיך לסובב את המפתח, אתה יכול לעשות את זה".

"Sigue adelante, sigue girando esa llave, puedes lograrlo".

אבל במקום זאת גרגור נאלץ לדמיין את התרגשותם.

Pero Gregor tuvo que imaginarse su emoción.

הוא הידק את לסתותיו בכל כוחו.

Apretó las mandíbulas con toda la fuerza que tenía.

והוא המשיך לסובב את המפתח במנעול.

Y continuó girando la llave en la cerradura.

בכאב גופו התפתל במעגל.

Dolorosamente su cuerpo se retorció en un círculo.

עכשיו הוא החזיק את עצמו זקוף רק בעזרת פיו.

Ahora se mantenía erguido únicamente con la boca.

כדי להמשיך לסובב את המפתח הוא לחץ על הדלת.

Para seguir girando la llave presionó contra la puerta.

לבסוף, נקישת המנעול העירה את גרגור שוב.

Finalmente el chasquido de la cerradura despertó de nuevo a Gregor.

"אז לא הייתי צריך את המנעולן," הוא נאנח בהקלה.

"Así que no necesité al cerrajero", suspiró aliviado.

עכשיו הוא רק היה צריך לפתוח את הדלת שפתח.

Ahora sólo faltaba abrir la puerta que había desbloqueado.

וכשראשו על הידית הוא פתח את הדלת.

Y con la cabeza en el pomo abrió la puerta.

הוא היה מאחורי הדלת, שנפתחה אל חדרו.

Estaba detrás de la puerta que daba a su habitación.

אז הדלת כבר הייתה פתוחה לפני שהוא נראה.

Así que la puerta ya estaba abierta antes de que pudiera ser visto.

לאחר מכן הוא היה צריך לתמרן את עצמו מסביב לדלת עצמה.

A continuación tuvo que maniobrar para rodear la puerta.

גם התנועה הקשה הזו דרשה מאמץ רב.

Este difícil movimiento también requirió mucho esfuerzo.

הוא לא רצה ליפול בצורה מגושמת לחדר הסמוך.

No quería caer torpemente en la habitación contigua.

אז לא היה לו זמן לשים לב לשום דבר אחר.

Así que no tuvo tiempo de prestar atención a nada más.

אבל אז הוא שמע את הפקיד הראשי פולט "אה!" בקול רם.

Pero entonces oyó al jefe de oficina exclamar en voz alta: "¡Oh!".

זה נשמע כאילו הרוח נושבת בבית.

Sonaba como si el viento corriera a través de la casa.

הוא במקרה היה זה שהיה הכי קרוב לדלת.

Resultó que él era el que estaba más cerca de la puerta.

ועכשיו, כשראה אותו, הוא הצמיד את ידו לפיו.

Y al verlo, se llevó la mano a la boca.

הוא זז לאט לאחור, הרחק מגרגור.

Se movió lentamente hacia atrás, alejándose de Gregor.

אבל זה היה כאילו כוח בלתי נראה פועל עליו.

Pero era como si una fuerza invisible actuara sobre él.

הדבר הראשון שעשתה האם היה להסתכל על האב.

Lo primero que hizo la madre fue mirar al padre.

למרות נוכחותו של המנהל, שערה היה סתור.

A pesar de la presencia del gerente, su cabello estaba despeinado.

היא פרשה את זרועותיה, וצעדה שני צעדים קדימה.

Desplegó los brazos y dio dos pasos hacia adelante.

אבל אז היא התמוטטה באמצע החצאית שלה.

Pero entonces se desplomó en medio de su falda.

שמלתה התפשטה סביבה על הרצפה.

Su vestido se extendió a su alrededor en el suelo.

וראשה נעלם על שדיה.

Y su cabeza desapareció sobre sus propios pechos.

האב קפץ את אגרופו בהבעת פנים עוינת.

El padre apretó el puño con expresión hostil.

נראה היה שהוא רצה שגרגור יידחף בחזרה לחדרו.

Parecía querer que Gregor fuera empujado de nuevo a su habitación.

לאחר מכן הוא הביט בחוסר ודאות סביב הסלון.

Luego miró con incertidumbre alrededor de la sala de estar.

ולבסוף הוא כיסה את עיניו בין ידיו.

Y finalmente se cubrió los ojos entre las manos.

והוא בכה מרה עד שחזהו האדיר רעד.

Y lloró amargamente hasta que su poderoso pecho se estremeció.

גרגור לא באמת נכנס לחדרם כלל.

Gregor en realidad no entró en su habitación.

במקום זאת הוא נשען על משקוף הדלת.

En lugar de eso, se apoyó contra el marco de la puerta.

רק חצי מגופו היה גלוי לעין אלו שבחוץ.

Para los que estaban desde fuera solo era visible la mitad de su cuerpo.

ועל גבי גופו היה ראשו, מוטה הצידה.

Y encima de su cuerpo estaba su cabeza, inclinada hacia un lado.

בשלב זה האור כבר היה בהיר הרבה יותר מבעבר.

Para entonces la luz se había vuelto mucho más brillante que antes.

עכשיו אפשר היה לראות בבירור את הצד השני של הרחוב.

Ahora se podía ver claramente el otro lado de la calle.

קטע מבית החולים האפור והאינסופי גילה את עצמו.

Apareció una sección del interminable y gris hospital.

גשם הבוקר עדיין לא פסק לרדת לחלוטין.

La lluvia de la mañana aún no había parado del todo de caer.

אבל עכשיו טיפות הגשם היו גדולות יותר, ורחוקות יותר זו מזו.

Pero ahora las gotas de lluvia eran más grandes y estaban más separadas.

מנות ארוחת הבוקר היו על השולחן בשפע.

Los platos del desayuno estaban en abundancia en la mesa.

האב חשב שארוחת הבוקר היא הארוחה החשובה ביותר.

El padre pensaba que el desayuno era la comida más importante.

ארוחת הבוקר הייתה ארוחה שהוא גרר במשך שעות.

El desayuno era una comida que se prolongaba durante horas.

ובשעות אלו הוא קרא את העיתונים השונים.

Y en esas horas leía los distintos periódicos.

ממש על הקיר הנגדי הייתה תלויה תמונה של גרגור.

Justo en la pared opuesta colgaba una fotografía de Gregor.

התצלום שעל הקיר הראה אותו כסגן.

La fotografía en la pared lo mostraba como teniente.

זו הייתה תמונה מהתקופה שהוא בילה בצבא.

Era una fotografía de su época en el ejército.

ידו הייתה על חרבו, והוא חיוך חסר דאגות.

Su mano estaba sobre su espada y tenía una sonrisa despreocupada.

יציבתו ומדים שלו דרשו כבוד מסוים.

Su postura y su uniforme exigían cierto respeto.

גם הדלת השנייה שהובילה לחדר ההמתנה הייתה פתוחה.

La otra puerta que conducía a la antesala también estaba abierta.

וגם הדלת לדירה הייתה עדיין פתוחה.

Y la puerta del apartamento todavía estaba abierta también.

אפשר היה לראות עד לחצר הקדמית של הדירה.

Se podía ver hasta el patio delantero del apartamento.

ואז המדרגות הובילו למטה אל הרחוב למטה.

Y luego las escaleras conducían a la calle de abajo.

גרגור היה היחיד ששמר על קור רוח.

Gregor fue el único que mantuvo la compostura.

הוא ראה את זה, אז השיחה הייתה באחריותו.

Él vio esto, por lo que la conversación era su responsabilidad.

"טוב, אני הולך להתלבש לעבודה עכשיו," הוא אמר.

"Bueno, ahora me voy a vestir para ir a trabajar", dijo.

"אחרי שאארז את דוגמיות הטקסטיל אעזוב".

"Después de haber empaquetado las muestras textiles, me iré."

"האם אתה עדיין מתכוון לפטר אותי, מר פרוקוריסט"?

"¿Aún tiene intención de dispararme, señor Prokurist?"
"כפי שאתה יכול לראות, אני לא עקשן כמו שחשבת".
"Como puedes ver, no soy tan terco como pensabas."
"ואתה יכול לראות שאני בכל זאת אוהב לעבוד".
"Y puedes ver que después de todo me gusta trabajar".
אני יכול להודות שנסיעות לעבודה אינן קלות.
"Puedo admitir que viajar por trabajo no es fácil".
"אבל אני גם יכול לקבל את העובדה שזה חלק מהעבודה שלי".
"Pero también puedo aceptar que es parte de mi trabajo".
"מנהל, לאן אתה הולך? חזרה למשרד"?
"Gerente, ¿adónde va? ¿De vuelta a la oficina?"
"האם תדווח בכנות על כל מה שראית"?
"¿Informarás verazmente de todo lo que has visto?"
"לפעמים קורה שאדם לא מסוגל ללכת לעבודה".
"A veces sucede que uno no puede ir a trabajar."
"זה הזמן הנכון לזכור את היישגי העבר".
"Este es el momento adecuado para recordar los logros
pasados".
"אחרי הסרת הקושי, עובדים אפילו טוב יותר".
"Después de eliminar la dificultad, uno trabaja aún mejor."
"החריצות והריכוז שלי צפויים לעלות".
"Mi diligencia y concentración aumentarán".
"אתה יודע היטב שאני חייב תודה לבוס".
"Sabes muy bien que estoy en deuda con el jefe."
"אבל אני גם מודאג לגבי ההורים שלי ולאחותי".
"Pero también estoy preocupada por mis padres y mi
hermana".
אני במצב קשה, אבל אני אעבוד בדרכי החוצה".
"Estoy en una situación difícil, pero encontraré la manera de
salir de ella".
"אל תקשה על זה יותר ממה שזה כבר".
"No hagas esto más difícil de lo que ya es."
"כעמיתים לעבודה, גם אנחנו צריכים לעזור אחד לשני".
"Como compañeros de trabajo también tenemos que
ayudarnos unos a otros".
אני יודע שעובדי המשרד לא אוהבים את הנוסעים.

"Sé que a los trabajadores de oficina no les gustan los viajeros".

"אתה חושב שאנחנו מרוויחים הון וחיים חיים טובים".

"¿Crees que ganamos una fortuna y llevamos una buena
vida?"

"אין להם סיבה אמיתית לשקול את הדעות הקדומות שלהם".

"No tienen ningún motivo real para considerar sus prejuicios".

"אבל לך, קצין מורשה, יש תפקיד אחר".

"Pero usted, oficial autorizado, tiene un papel diferente."

"יש לך תמונה טובה יותר מאשר שאר הצוות".

"Tienes una mejor visión general que el resto del personal".

"למעשה, אני חושב שאולי יש לך את חסקירה חטובח ביותר".

"De hecho, creo que probablemente tengas la mejor visión
general".

"יש לך תמונה טובה יותר מאשר הבוס עצמו".

"Tienes una visión mejor que el propio jefe".

"אני מודה שהבוס אכן עושה את עבודת היזמות".

"Admito que el jefe hace el trabajo empresarial".

"אבל קל לשיפוטיו להטעות".

"Pero es fácil que sus juicios sean erróneos."

"והשיפוטים הקטנים והטעויות הללו עלולים להיות לרעתנו".

"Y estos pequeños errores de juicio pueden ser en nuestro
detrimento".

"אתה יודע כמה קל לדבר על הנוסע".

"Ya sabes lo fácil que es hablar del viajero."

"הוא לא שם כדי להגן על המוניטין שלו מפני רכילות".

"Él no está allí para defender su reputación de los chismes".

"ההאשמות האלה יכולות בקלות להיות סתם צירופי מקרים".

"Esas acusaciones pueden fácilmente ser meras coincidencias".

"תלונות רבות אפילו אינן מבוססות על אמיתות כלשהן".

"Muchas quejas ni siquiera tienen su base en ninguna verdad."

"הוא כמעט כל השנה מחוץ למשרד".

"Está fuera de la oficina casi todo el año."

"איזה סיכוי יש לו להגן על המוניטין שלו"?

¿Qué posibilidades tiene de defender su propia reputación?

"הוא אפילו לא זוכה לשמוע על ההאשמות".

"Ni siquiera se entera de las acusaciones".

"הוא מגלה מה נאמר כשכבר מאוחר מדי".

"Se entera de lo que se ha dicho cuando ya es demasiado tarde."

"בשלב הזה הוא מותש מהמסע של היום".

A estas alturas ya está exhausto por el viaje del día.

"הוא בכל מקרה צריך לחוות את ההשלכות הנוראיות".

"De todos modos, tendrá que experimentar las terribles consecuencias".

"למרות שאין לו דרך להבין את הבעיה".

"Aunque no tiene forma de entender el problema."

"הו מנהל, אל תעזוב בלי לומר לי מילה".

"Oh, gerente, no se vaya sin decirme una palabra".

"לפחות תגיד לי שאתה מסכים איתי בחלקו".

"Al menos dime que estás de acuerdo conmigo en parte."

אבל המנהל פנה מגרגור הרבה קודם לכן.

Pero el manager se había alejado de Gregor mucho antes.

כתפו רעדה כשהוא הביט בחזרה בגרגור.

Su hombro se contrajo cuando volvió a mirar a Gregor.

והוא לא עמד דום אפילו פעם אחת במהלך הנאום.

Y no se quedó quieto ni un solo momento durante su discurso.

הוא הביט לאחור בגרגור בשפתיים חשוקות.

Él había mirado a Gregor con los labios fruncidos.

הוא נסוג בהדרגה לעבר הדלת.

Se había ido retirando gradualmente hacia la puerta.

אבל גם הוא לא הצליח להסיר את עיניו מגרגור.

Pero tampoco podía apartar la mirada de Gregor.

הוא הרגיש כאילו יש איסור סודי על יציאה מהחדר.

Sintió como si hubiera una prohibición secreta de salir de la habitación.

אבל בשלב הזה הוא כבר היה באולם הכניסה.

Pero a estas alturas ya estaba en el vestíbulo de entrada.

ועכשיו הוא עשה תנועה פתאומית לעבר היציאה.

Y ahora hizo un movimiento repentino hacia la salida.

הוא פשט את ידו הימנית לעבר המדרגות.

Extendió su mano derecha hacia las escaleras.

אולי כוח על טבעי חיכה להציל אותו.

Quizás una fuerza sobrenatural estaba esperando para salvarlo.

גרגור ידע שהוא לא יכול לאפשר לו לעזוב ככה.

Gregor sabía que no podía permitir que se fuera así.

אסור שהמנהל יחזור במצב הרוח שבו היה.

El gerente no debe regresar con el mismo humor en el que estaba.

ביטחון עבודתו של גרגור היה בסכנה רבה.

La seguridad del trabajo de Gregor estaba en grave peligro.

ההורים לא יכלו להבין את כל זה לגמרי.

Los padres no podían comprender plenamente todo esto.

עם השנים הם התרגלו לביטחון התעסוקתי שלו.

Con los años se habían acostumbrado a su seguridad laboral.

והם השתכנעו שיש לו את העבודה לכל החיים.

Y se convencieron de que tenía el trabajo de por vida.

במקום זאת הם היו עסוקים בדאגות אחרות.

En lugar de eso, se habían ocupado de otras preocupaciones.

אבל חששות אלה הובילו אותם לאבד כל ראיית הנולד.

Pero estas preocupaciones les hicieron perder toda previsión.

גרגור, עם זאת, לא איבד את ראיית הנולד של ההורה.

Gregor, sin embargo, no había perdido la previsión paterna.

מישהו היה צריך לעצור את הנציג המורשה.

Alguien tenía que detener al representante autorizado.

הוא היה צריך להרגיע אותו, ולשכנע אותו.

Iba a tener que calmarlo y convencerlo.

עתידם של גרגור ומשפחתו היה תלוי בכך!

¡El futuro de Gregor y su familia dependía de ello!

אילו רק האחות האינטליגנטית הייתה כאן כדי לעזור.

Ojalá la inteligente hermana hubiera estado allí para ayudar.

היא כבר בכתה כשגרגור עדיין היה בחדרו.

Ella ya había llorado cuando Gregor todavía estaba en su habitación.

באותו רגע הוא פשוט שכב בשקט על גבו.

En ese momento él simplemente yacía tranquilamente boca arriba.

היא כבר ידעה אז את חשיבות המצב.

Ella ya sabía entonces la importancia de la situación.

למנהל הייתה נקודה חולשה ידועה לנשים.

El gerente tenía una debilidad bien conocida por las mujeres.

היא יכלה בקלות לשכנע אותו להישאר עוד זמן.

Ella fácilmente podría haberlo persuadido para que se
quedara más tiempo.

היא הייתה סוגרת את הדלת ומובילה אותו בחזרה פנימה.

Ella habría cerrado la puerta y lo habría guiado adentro.

אבל לרוע המזל האחות הלכה להביא רופא.

Pero desafortunadamente la hermana había ido a buscar un
médico.

לכן לא הייתה לגרגור ברירה אלא לעשות זאת בעצמו.

Así que Gregor no tuvo más remedio que hacerlo él mismo.

הוא לא שקל מהן באמת היכולות שלו.

No había considerado cuáles eran realmente sus habilidades.

והוא שכח לפקפק ביכולת הדיבור שלו.

Y se había olvidado de desconfiar de su capacidad de hablar.

אבל למרות זאת, הוא עזב את הביטחון של חדרו.

Pero aún así, abandonó la seguridad de su habitación.

והוא דחף את עצמו דרך פתח החדר.

Y se abrió paso a través de la abertura de la habitación.

המנהל כבר היה בדרכו לרדת במדרגות.

El gerente ya estaba bajando las escaleras.

אבל הוא נאחז במעקה בשתי ידיו.

Pero él se agarraba a la barandilla con ambas manos.

גרגור נפל כשדחף את עצמו דרך הדלת.

Gregor se cayó mientras intentaba atravesar la puerta.

הוא פלט צרחה קטנה כשהוא תפס תמיכה.

Dejó escapar un pequeño grito mientras trataba de agarrar
algo para apoyarse.

אבל במקום פאניקה, הוא חש רווחה פיזית.

Pero en lugar de pánico, sintió un bienestar físico.

בפעם הראשונה באותו בוקר משהו הרגיש נכון.

Por primera vez esa mañana algo se sintió bien.

כל רגליו היו עכשיו תחתיהן קרקע מוצקה.

Todas sus piernas ahora tenían tierra sólida debajo de ellas.

הוא הופתע לגלות עד כמה הוא הצליח לשלוט ברגליו.

Se sorprendió de lo bien que podía controlar sus piernas.

הוא שמח לראות שרגליו צייתו לו לחלוטין.

Se alegró de notar que sus piernas le obedecían completamente.

למעשה, רגליו נשאו אותו לכל מקום שרצה.

De hecho, sus piernas lo llevaban a donde quería.

עד מהרה כל יגונו היה אמור להסתיים.

Pronto todas sus penas estaban destinadas a llegar a su fin.

אבל באותו רגע ממש אמו קפצה.

Pero en ese mismo momento su propia madre saltó.

זרועותיה היו מושטות, ואצבעותיה היו פרושות.

Sus brazos estaban extendidos y sus dedos separados.

והיא צעקה, "עזרה, למען השם שמישהו יעזור"!

Y ella gritó: "¡Socorro! ¡Por el amor de Dios, que alguien ayude!"

היא הטתה את ראשה; היא רצתה לראות את גרגור טוב יותר.

Ella inclinó la cabeza; quería ver mejor a Gregor.

אבל כצעד נוסף לפעולה הראשונה, היא רצה חזרה.

Pero en contraposición a la primera acción, ella corrió hacia atrás.

היא שכחה שהשולחן ערוך מאחוריה.

Se había olvidado que la mesa estaba puesta detrás de ella.

כל הדברים לארוחת בוקר עדיין היו על השולחן.

Todos los elementos para el desayuno todavía estaban en la mesa.

היא התיישבה בחיפזון על השולחן, כאילו מוסחת דעת.

Se sentó apresuradamente en la mesa, como distraída.

ונראה שהיא לא שמה לב לקפה שנשפך.

Y ella no pareció darse cuenta del café derramado.

הקפה שעכשיו נספג בשטיח.

El café que ahora estaba empapando la alfombra.

"אמא, אמא," אמר גרגור בשקט, והביט בה.

—Mamá, madre —dijo Gregor suavemente, mirándola.

לעת עתה המנהל לא היה חשוב לו.

Por el momento el manager no era importante para él.

אבל גם היה את הקפה שטפטף על השטיח.

Pero también estaba el café goteando sobre la alfombra.

גרגור לא יכול היה להתאפק מלנקוש את לסתותיו למשמע הקפה.

Gregor no pudo resistirse a chasquear las mandíbulas al tomar el café.

האם התחילה לבכות שוב בגלל התנהגותו.

La madre comenzó a llorar nuevamente por su comportamiento.

היא קפצה מהשולחן כדי להתרחק ממנו.

Ella saltó de la mesa para distanciarse de él.

והיא רצה אל זרועותיו של האב, למען ביטחון.

Y ella corrió a los brazos del padre, buscando seguridad.

אבל לגרגור לא היה זמן פנוי להוריו עכשיו.

Pero Gregor ya no tenía tiempo que perder con sus padres.

הקצין המורשה כבר היה על המדרגות.

El oficial autorizado ya estaba en las escaleras.

הוא היה מונח על המעקה, כדי להסתכל לתוך הבית.

Apoyó la barbilla en la barandilla para mirar dentro de la casa.

כנראה שהוא רצה מבט אחרון על המחזה.

Al parecer quería echar un último vistazo al espectáculo.

וגרגור עשה מאמץ אחרון להגיע למנהל.

Y Gregor hizo un último esfuerzo para llegar hasta el gerente.

הוא רץ לעבר הדלת בבטחה ככל שיכול.

Corrió hacia la puerta tan seguro como pudo.

אבל הפקיד הראשי בוודאי חשד במשהו.

Pero el jefe de oficina debía de sospechar algo.

כי הוא קפץ למטה כמה מדרגות ונעלם.

Porque saltó varios escalones y desapareció.

"האו!" צעק גרגור, מהדהד בחדר המדרגות.

—¡Huh! —gritó Gregor, resonando en la escalera.

נראה היה שגם בריחתו של המנהל בלבלה את אביו.

La fuga del gerente también pareció confundir a su padre.

עד אז הוא הצליח לשמור על קור רוח למדי.

Hasta entonces había conseguido mantener la compostura.

אבל לרוע המזל גם הוא איבד את קור הרוח שהיה לו.

Pero desgraciadamente él también perdió la compostura que había tenido.

מה שהוא היה צריך לעשות זה לעזור לגרגור במרדף שלו.

Lo que debería haber hecho es ayudar a Gregor en su persecución.

אבל, הוא אחז במקל ההליכה של המנהל ביד אחת.

Pero con una mano agarró el bastón del gerente.

וביד השנייה הוא החזיק עכשיו עיתון.

Y en la otra mano sostenía ahora un periódico.

ועכשיו הוא עצר ישירות את גרגור במרדף שלו.

Y ahora estorbó directamente a Gregor en su persecución.

הוא הציב את עצמו בין גרגור לרחוב.

Se había colocado entre Gregor y la calle.

הוא רקע ברגליו, ונופף במקל ובעיתון.

Golpeó el suelo con los pies y agitó el palo y el periódico.

והוא אילץ את גרגור לחזור לחדרו באופן פעיל.

Y él estaba forzando activamente a Gregor a regresar a su habitación.

אף אחת מהבקשות שגרגור ניסה להעלות לא עזרה.

Ninguna de las peticiones que Gregor intentó hacer sirvió de algo.

כי אף אחת מהבקשות שהוא הגיש לא הובנה.

Porque ninguna de las peticiones que hizo fue entendida.

הוא הפנה את ראשו לזווית עמוקה וצנועה יותר.

Giró la cabeza hacia un ángulo más profundo y humilde.

אבל אביו ענה ורקע ברגליו חזק עוד יותר.

Pero su padre respondió golpeando el suelo con más fuerza.

האם פתחה חלון, למרות מזג האוויר הקריר.

La madre abrió una ventana, a pesar del clima frío.

והיא לחצה את פניה בין ידיה בקור.

Y apretó su cara entre sus manos en el frío.

הרוח יכלה עכשיו לעבור דרך כל הדירה.

El viento ahora podría pasar por todo el apartamento.

משב רוח חזק נשב מגרם המדרגות אל הסמטה.

Una fuerte corriente de aire soplaba desde la escalera hacia el callejón.

הווילונות התנופפו ברוח החזקה.

Las cortinas se agitaban a causa del fuerte viento.

והעיתון על השולחן רשרש ברוח.

Y el periódico sobre la mesa crujió con el viento.

אפילו כמה עלים עפו לתוך הבית מבחוץ.

Incluso algunas hojas fueron arrastradas hasta el interior de la casa desde el exterior.

האב רקע ברגליו ודחף ללא הרף.

El padre pateaba y empujaba sin descanso.

והוא לחש והשמיע קולות כמו שאדם פרא היה עושה.

Y silbaba y hacía ruidos como lo haría un hombre salvaje.

אבל גרגור עדיין לא התאמן בהליכה אחורה.

Pero Gregor aún no había practicado el caminar hacia atrás.

אפילו גרגור היה מודה שהתנועה הזו הייתה איטית הרבה יותר.

Incluso Gregor admitiría que este movimiento era mucho más lento.

כל מה שהוא רצה היה את ההזדמנות להחזיר את הגלגל למסלולו.

Pero lo único que quería era la oportunidad de cambiar las cosas.

אז הוא היה הולך מיד לחדרו.

Entonces se habría ido directamente a su habitación.

אבל הוא פחד מדי לגרום לאביו להיות חסר סבלנות.

Pero tenía demasiado miedo de impacientar a su padre.

והיה איום של מכה עם המקל.

Y allí estaba la amenaza de un golpe con el palo.

מכה כזו בחלק האחורי של הראש עלולה להיות קטלנית.

Un golpe así en la parte posterior de la cabeza podría ser fatal.

אבל בסופו של דבר לא נותרה לגרגור ברירה אחרת.

Pero al final Gregor no tuvo otra opción.

הוא הבין שהוא אפילו לא יכול ללכת אחורה ישר.

Se dio cuenta de que ni siquiera podía caminar hacia atrás en línea recta.

הוא התחיל להסתובב מהר ככל שיכול היה.

Empezó a girar tan rápido como pudo.

אבל במציאות תנועת הסיבוב הזו הייתה איטית באותה מידה.

Pero en realidad este movimiento giratorio era igualmente lento.

ומבטיו החרדים של האב עקבו אחריו.

Y le siguieron las miradas ansiosas del padre.

אולי האב שם לב לכוונותיו הטובות של גרגור.

Quizás el padre notó las buenas intenciones de Gregor.

כי הוא לא הפריע לו להסתובב.

Porque no le impidió darse la vuelta.

הוא אפילו השתמש בקצה המקל שלו כדי להנחות את הסיבוב.

Incluso utilizó la punta de su bastón para guiar la rotación.

אבל גרגור עדיין ייחל שהאב לא היה נוהג לחש עליו!

¡Pero Gregor aún deseaba que su padre no le hubiera silbado!

הלחישה רק הוסיפה לבלבול של הרגע.

El silbido sólo aumentó la confusión del momento.

ואז הוא עשה טעות ופנה לכיוון הלא נכון.

Y luego cometió un error y giró en la dirección equivocada.

בסופו של דבר הוא סוף סוף הצליח להתמודד בדרך הנכונה.

Al final logró encarar el camino correcto.

והוא היה מרוצה מהההתקדמות שעשה.

Y estaba satisfecho con el progreso que había logrado.

אבל אז הבעיה הבאה התבררה עוד יותר.

Pero entonces el siguiente problema se hizo aún más evidente.

גופו היה רחב מדי מכדי להיכנס בקלות דרך הדלת.

Su cuerpo era demasiado ancho para pasar fácilmente por la puerta.

במצבו הנוכחי האב לא שם לב לכך.

En su estado actual el padre no se dio cuenta de esto.

אז לא עלה בדעתו לפתוח את הדלת עוד.

Así que no se le ocurrió abrir más la puerta.

אז היה מספיק מקום לגרגור.

Entonces habría habido suficiente espacio para Gregor.

העדיפות היחידה שלו הייתה להכניס את גרגור לחדרו.

Su única prioridad era conseguir que Gregor entrara a su habitación.

הוא היה צריך לקום כדי להיכנס דרך הדלת.

Habría tenido que ponerse de pie para poder pasar por la puerta.

אבל האב לא היה מרשה תמרון כזה.

Pero el padre no hubiera permitido tal maniobra.

למעשה, הוא לחש לעברו בצורה פרועה עוד יותר מבעבר.

De hecho, le estaba siseando aún más salvajemente que antes.

זה נשמע כמו יותר מגבר אחד שנשף לעברו.

Sonaba como si más de un hombre le estuviera silbando.

נראה היה שמאחורי דרישותיו עומדת דחיפות חדשה.

Sus demandas parecían tener una nueva urgencia detrás.

עכשיו באמת לא היה יותר זמן להתעסק.

Realmente ya no había más tiempo para perder el tiempo.

מה שלא קרה, גרגור היה חייב לעבור דרך הדלת.

Pasara lo que pasara, Gregor tenía que atravesar la puerta.

הוא דחף את עצמו קדימה בלי שום כבוד עצמי.

Se abrió paso sin ningún respeto por sí mismo.

צד אחד של גופו נכפה כלפי מעלה על ידי התנועה.

Un lado de su cuerpo fue empujado hacia arriba por el movimiento.

והוא שכב בצורה מגושמת ועקומית בין פתח הדלת.

Y él yacía torpe y torcido en el umbral de la puerta.

אחת מצלעותיו הייתה שפשפה גס כנגד העץ.

Uno de sus flancos quedó en carne viva rozando la madera.

והוא השאיר כתמים מכוערים על הדלת הצבועה בלבן.

Y había dejado feas manchas en la puerta pintada de blanco.

רגליו מאחד מצדיו נתלו רועדות באוויר.

Las piernas de uno de sus costados colgaban temblando en el aire.

רגליו האחרות נלחצו בכאב אל הרצפה.

Sus otras piernas estaban presionadas dolorosamente contra el suelo.

עד מהרה הוא ייתקע לגמרי בין הדלתות.

Pronto se quedaría atrapado completamente entre las puertas.

ואז הוא לא היה מסוגל לזוז בכלל.

Y entonces no habría podido moverse en absoluto.

אבל האב נתן לו דחיפה חזקה ומשחררת באמת.

Pero el padre le dio un fuerte empujón realmente liberador.

והוא נפל, מדמם בכבדות, עמוק לתוך חדרו.

Y cayó, sangrando profusamente, hasta el fondo de su habitación.

האב טרק את הדלת מאחוריו במקלו.

El padre cerró la puerta tras de sí con su bastón.

ואז סוף סוף שוב השתרר קצת שקט ושלווה.

Y finalmente hubo algo de paz y tranquilidad nuevamente.

חלק שני

Segunda parte

גרגור לא התעורר עד הרבה יותר מאוחר באותו היום.

Gregor no se despertó hasta mucho más tarde ese mismo día.

הדמדומים ירדו; הוא ישן שינה כבדה ובחוסר הכרה.

Había anochecido; había dormido profundamente e
inconscientemente.

הוא היה מתעורר גם בלי שיפריעו לו.

Se habría despertado incluso sin que nadie lo hubiera
molestado.

כי הוא אכן הרגיש נח מספיק וישן טוב.

Porque se sentía suficientemente descansado y bien dormido.

אבל הוא חשב שהוא שמע כמה צעדים חולפים בחוץ.

Pero le pareció oír unos pasos fugaces afuera.

וייתכן שמישהו סגר בזהירות את דלת הכניסה.

Y alguien podría haber cerrado cuidadosamente la puerta
principal.

אור החשמלית החשמלית נח חיוור על התקרה.

La luz del tranvía eléctrico se reflejaba pálidamente en el
techo.

גם החלק העליון של הרהיט קיבל מעט אור.

La parte superior del mueble también recibió un poco de luz.

אבל למטה על הקרקע, בגובהו של גרגור, היה חשוך.

Pero allá abajo, a la altura de Gregor, estaba oscuro.

רגליו דחפו אותו באיטיות שוב לעבר הדלת.

Sus piernas lo empujaron lentamente hacia la puerta
nuevamente.

הוא היה מאוד סקרן לראות מה קרה שם.

Tenía mucha curiosidad por ver qué había sucedido allí.

אבל שליטתו ברגשותיו עדיין לא הייתה מפותחת.

Pero su control de sus sensores aún no estaba desarrollado.

למרות שהוא התחיל להעריך את החיישנים החדשים האלה.

Aunque empezó a apreciar estos nuevos sensores.

צלקת ארוכה ולא נעימה נראתה כאילו עוברת לאורך צדו השמאלי.

Una cicatriz larga y desagradable parecía recorrer su costado izquierdo.

הצלקת הרגישה כאילו היא מתהדקת בצד הזה של גופו.

La cicatriz parecía como si apretara ese lado de su cuerpo.

וכך הוא נאלץ פשוטו כמשמעו לצלוע על שתי שורות רגליו.

Y entonces tuvo que cojear literalmente sobre sus dos filas de piernas.

אחת מרגליו נפצעה קשה באותו בוקר.

Esa mañana una de sus piernas resultó gravemente herida.

זה באמת היה נס שהוא לא שבר עוד רגליים.

Realmente fue un milagro que no se hubiera roto más piernas.

וכך גרר את רגלו הפצועה ללא רוח חיים אחריו.

Y así arrastró sin vida su pierna herida.

כשהגיע לדלת הוא הבין משהו עמוק.

Cuando llegó a la puerta se dio cuenta de algo profundo.

זה היה ריח של משהו שמשך אותו לשם.

Fue el olor de algo lo que lo atrajo hasta allí.

משהו אכיל הושאר לגרגור בחדרו.

A Gregor le habían dejado algo comestible en su habitación.

חתיכות לחם לבן צפות בקערה של חלב מתוק.

Trozos de pan blanco flotando en un cuenco de leche dulce.

הוא בקושי הצליח להכיל את השמחה שהייתה בתוכו.

Apenas podía contener la alegría que había dentro de él.

הוא היה רעב עכשיו אפילו יותר מאשר בבוקר.

Ahora tenía incluso más hambre que por la mañana.

הוא מיד טבל את ראשו בקערת החלב.

Inmediatamente sumergió su cabeza en el cuenco de leche.

החלב יצא כמעט מכל ראשו, עד לעיניו.

La leche le salía casi por toda la cabeza, hasta los ojos.

אבל עד מהרה הוא משך את ראשו לאחור, מאוכזב מרה.

Pero pronto echó la cabeza hacia atrás, amargamente decepcionado.

היה קשה לאכול בגלל צד שמאל עדין שלו.

Comer era difícil debido a su delicado lado izquierdo.

והוא יכל לאכול רק על ידי התנשפות בכל גופו.

Y sólo podía comer jadeando con todo su cuerpo.

אבל זו לא היתה הסיבה האמיתית לאכזבתו.

Pero esa no fue la verdadera razón de su decepción.

חלב תמיד היה אחד המאכלים האהובים עליו.

La leche siempre había sido uno de sus platos favoritos.

לא היה לו ספק שאחותו זכרה זאת.

No tenía ninguna duda de que su hermana recordaba esto.

וזו היתה הסיבה שהיא נתנה לו חלב.

Y esa fue la razón por la que le había dado leche.

הוא לא היה מסוגל להסביר מדוע כעת הוא לא אוהב חלב.

No podía explicar por qué ahora no le gustaba la leche.

והוא פנה מהקערה כמעט בחוסר רצון.

Y se apartó del cuenco casi con reticencia.

מאוכזב, הוא זחל חזרה למרכז החדר.

Decepcionado, se arrastró de nuevo hasta el centro de la habitación.

כאן הוא הצליח לראות מבעד לסדק בדלת.

Desde allí pudo ver a través de la rendija de la puerta.

הוא ראה שהאש בסלון דולקת.

Pudo ver que el fuego en la sala de estar estaba encendido.

בדרך כלל בזמן הזה האב קורא את העיתון.

Generalmente a esta hora el padre leía el periódico.

הוא תמיד היה קורא לאם בקול רם.

Él siempre solía leerle a la madre en voz alta.

לפעמים גם האחות האזינה לאב.

A veces la hermana también escuchaba al padre.

היא תמיד סיפרה לגרגור על הקריאה הזו בקול רם.

Ella siempre le había contado a Gregor sobre esta lectura en voz alta.

אבל היום לא נשמע שום קול מהחדר.

Pero hoy no se oía ningún sonido en la habitación.

אולי ההרגל הזה כבר יצא מהתנהלות.

Quizás este hábito ya había caído en desuso.

דממה עמוקה שררה על כל הדירה.

Un profundo silencio se había apoderado de todo el apartamento.

למרות שידע שהדירה בהחלט לא ריקה.

Aunque sabía que el apartamento ciertamente no estaba vacío.

"איזה חיים שקטים ניהלה המשפחה," חשב גרגור.

«¡Qué vida tan tranquila lleva la familia!», pensó Gregor.

והוא בהה אל תוך החושך בגאווה גדולה.

Y miró hacia la oscuridad con gran orgullo.

הוא היה גאה בחיים שהצליח להעניק להם.

Estaba orgulloso de la vida que había podido darles.

הוא היה גאה בדירה היפה שבה גרו.

Estaba orgulloso del hermoso apartamento en el que vivían.

אבל האם כל השלום הזה עמד להגיע לסוף נורא?

¿Pero toda esta paz estaba a punto de tener un final terrible?

האם הצלחתם הייתה להילקח מהם?

¿Les iban a quitar su prosperidad?

האם שביעות רצונם בעתיד אינה ודאית?

¿Su satisfacción ahora era incierta en el futuro?

אבל הוא לא רצה לאבד את עצמו במחשבות כאלה.

Pero él no quería perderse en tales pensamientos.

כדי להעסיק את עצמו הוא זחל הלוך ושוב על הקירות.

Para mantenerse ocupado se arrastraba arriba y abajo por las paredes.

במהלך הערב הארוך נפתחה דלת אחת מעט.

Durante la larga velada una puerta estaba entreabierta.

ובזמן אחר הדלת השנייה נפתחה מעט.

Y en otro momento la otra puerta se abrió un poquito.

אבל בשתי הפעמים הדלתות נסגרו שוב במהירות.

Pero en ambas ocasiones las puertas se cerraron rápidamente de nuevo.

ברור שמישהו מבחוץ רצה להיכנס.

Estaba claro que alguien de fuera tenía el deseo de entrar.

אבל היו להם גם יותר מדי חששות לגבי הכניסה.

Pero también tenían demasiadas preocupaciones acerca de venir.

גרגור עצר עכשיו בדיוק ליד דלת הסלון.

Gregor ahora se detuvo directamente en la puerta de la sala de estar.

הוא היה נחוש בדעתו לפתות איכשהו את המבקר ההסן.

Estaba decidido a tentar de algún modo al indeciso visitante.

וגם הוא רצה לדעת מי היה המבקר.

Y también quería saber quién había sido el visitante.

אבל באותו ערב הדלת לא נפתחה בפעם השלישית.

Pero aquella noche la puerta no se abrió una tercera vez.

וגרגור בילה את זמנו בהמתנה ליד הדלת לשווא.

Y Gregorio esperaba en vano junto a la puerta.

מוקדם יותר באותו יום כולם רצו להיכנס לחדר.

Más temprano ese día todos querían entrar a la habitación.

עכשיו כשהדלתות לא נעולות, יהיה להם קל יותר.

Ahora que las puertas estaban desbloqueadas sería más fácil para ellos.

אבל הם בחרו להישאר בצד השני של החדר.

Pero ellos prefirieron quedarse al otro lado de la habitación.

גרגור שם לב שהמפתחות כבר לא היו במנעולים שלהם.

Gregor se dio cuenta de que las llaves ya no estaban en sus cerraduras.

מישהו בטח הזיז את המפתחות למנעול החיצוני.

Alguien debe haber movido las llaves a la cerradura exterior.

רק בשעות הלילה המאוחרות כבו את האור בסלון.

Sólo tarde por la noche se apagó la luz de la sala de estar.

המשפחה בטח נשארה ערה כל הזמן הזה.

La familia debe haber permanecido despierta todo el tiempo.

וגרגור שמע בבירור אותם מתרחקים על קצות האצבעות.

Y Gregor podía oírlos claramente alejándose de puntillas.

עכשיו איש לא יבוא אל גרגור עד הבוקר.

Ahora nadie vendría a ver a Gregor hasta la mañana.

אז היה לו זמן רב לעצמו, לחשוב בלי הפרעה.

Así que tuvo mucho tiempo para sí mismo, para pensar sin interrupciones.

מה תהיה הדרך הטובה ביותר לארגן מחדש את חייו כעת?

¿Cuál sería la mejor manera de reorganizar su vida ahora?

אבל הקירות הגבוהים של החדר הריק הפחידו אותו.

Pero las altas paredes de la habitación vacía lo asustaban.

לא הייתה לו ברירה אלא לשכב על הקרקע.

No le quedó más remedio que tumbarse en el suelo.

והוא מעולם לא מצא את סיבת הפחד שלו באותו מרחב.

Y nunca encontró la causa de su miedo en ese espacio.

זה היה אותו חדר בו התגורר במשך חמש שנים.

Era la misma habitación en la que había vivido durante cinco años.

בחצי מודעותו הוא עשה תנועה לעבר הספה.

Medio inconscientemente hizo un movimiento hacia el sofá.

ובלי כל בושה הוא התחבא מתחת לספה.

Y sin ninguna vergüenza se escondió debajo del sofá.

שם למטה הוא מיד הרגיש שוב בנוח מאוד.

Allí abajo se sintió inmediatamente de nuevo muy a gusto.

למרות העובדה שגבו היה לחוץ מעט.

A pesar de que tenía la espalda un poco presionada.

הוא גם לא יכול היה עוד להרים את ראשו מתחת לספה.

Ya no podía levantar la cabeza debajo del sofá.

אבל אפילו זה הוא העדיף להיות בכל שטח פתוח.

Pero incluso esto lo prefería a estar en cualquier espacio abierto.

עם זאת, הוא הצטער על כך שגופו היה כה רחב.

Sin embargo, lamentó que su cuerpo fuera tan ancho.

הספה לא יכלה לכסות לחלוטין את כל גופו.

El sofá no podía cubrir completamente todo su cuerpo.

הוא נשאר מתחת לספה במשך כל הלילה.

Se quedó debajo del sofá toda la noche.

את הלילה בילה חצי ישן, מוטרד מרעבו.

La noche la pasó medio dormido, perturbado por el hambre.

ואת הזמן ער הוא בילה או בדאגה, או בתקווה.

Y el tiempo que estaba despierto lo pasaba preocupado o esperanzado.

אבל כל תקוותיו המעורפלות הובילו לאותה מסקנה.

Pero todas sus vagas esperanzas llevaron a la misma conclusión.

לא הייתה לו ברירה אלא לשתוק לעת עתה.

No tuvo más remedio que permanecer en silencio por el momento.

הוא היה צריך לגלות סבלנות והתחשבות כלפי המשפחה.

Tuvo que mostrar paciencia y consideración hacia la familia.

זו הייתה הדרך היחידה להפוך את אי הנוחות לנסבלת.

Era la única manera de hacer soportable el inconveniente.

אי הנוחות שהוא כופה כעת על המשפחה.

Los inconvenientes que ahora estaba causando a la familia.

הוא לא היה צריך לחכות זמן רב כדי להוכיח את רחמיו.

No tuvo que esperar mucho para demostrar su compasión.

מוקדם בבוקר הביטה האחות לחדרו.

Temprano por la mañana la hermana miró dentro de su
habitación.

למרות שבאמת היה זה לילה באותה מידה שזה היה בוקר.

Aunque en realidad era tan de noche como de mañana.

היא הייתה לבושה לגמרי, ונראה היה שהיא מביעה התרגשות.

Ella estaba completamente vestida y parecía mostrar
entusiasmo.

עוצמתה של החלטתו החדשה עלולה לעמוד למבחן.

La fuerza de su nueva decisión podría ser puesta a prueba.

היא לא מצאה אותו מיד במבט ראשון.

Ella no lo encontró inmediatamente con su primera mirada.

הוא היה חייב להיות איפשהו; הוא לא יכול היה לעוף משם.

Tenía que estar en algún lugar, no podía haber volado.

אבל אז עיניה סקרו שוב את החדר.

Pero entonces sus ojos hicieron un segundo recorrido por la
habitación.

והפעם היא הבחינה בגופו מתחת לספה.

Y esta vez vio su torso debajo del sofá.

היא פחדה כל כך עד שאיבדה כל שליטה עצמית.

Estaba tan asustada que perdió todo el control de sí misma.

והתגובה הראשונה שלה הייתה לטרוק את הדלת שוב.

Y su primera reacción fue cerrar la puerta de golpe.

אבל נראה היה שהיא גם מיד התחרטה על התנהגותה.

Pero también pareció arrepentirse inmediatamente de su
comportamiento.

ברגע שטרקה את הדלת היא פתחה אותה שוב.

Tan pronto como cerró la puerta de golpe, la abrió de nuevo.

והפעם היא צעדה בעדינות על קצות אצבעותיה אל תוך החדר.

Y esta vez entró de puntillas en la habitación con cuidado.

היא זזה כאילו ביקרה אדם חולה מאוד.

Se movía como si estuviera visitando a una persona gravemente enferma.

או שאולי היא ביקרה מישהו זר לחלוטין.

O tal vez estaba visitando a un completo desconocido.

גרגור דחף את ראשו כמעט עד קצה הספה.

Gregor empujó su cabeza casi hasta el borde del sofá.

ומתחת לכספת הוא צפה בה בחדר.

Y desde debajo de la caja fuerte la observaba en la habitación.

האם היא תשים לב שהוא השאיר את החלב?

¿Se daría cuenta de que había dejado la leche?

הוא לא עזב את החלב בגלל חוסר רעב.

No había dejado la leche por falta de hambre.

האם היא תביא לו אוכל אחר במקום?

¿En lugar de eso le traería comida diferente?

אולי מנה שתתאים יותר להעדפותיו.

Quizás un plato que se ajustara mejor a sus preferencias.

אבל היא הייתה צריכה לשים לב לתיאבון שלו בעצמה.

Pero ella misma habría tenido que notar su apetito.

הוא היה מעדיף לרעוב מאשר לגרום לה להיות מודעת לכך.

Preferiría morir de hambre antes que hacerle saber eso.

האמת היא שהוא מאוד היה רוצה לספר לה.

En realidad le habría gustado mucho decírselo.

הוא ממש התפתה לירות החוצה מתחת לספה.

Estuvo realmente tentado de disparar desde debajo del sofá.

הוא רצה להשליך את עצמו לרגלי אחותו.

Quería arrojarse a los pies de su hermana.

והוא רצה לבקש ממנה משהו טוב לאכול.

Y quiso pedirle algo bueno para comer.

אבל אז האחות הביטה לעבר קערת החלב.

Pero entonces la hermana miró hacia el cuenco de leche.

היא מיד שמה לב שהקערה עדיין מלאה.

Inmediatamente se dio cuenta de que el cuenco todavía estaba lleno.

היא הייתה די מופתעת שגרגור לא אכל כלום.

Le sorprendió bastante que Gregor no hubiera comido nada.

רק מעט חלב נשפך על הרצפה.

Sólo se había derramado un poco de leche en el suelo.

היא מיד הרימה את הקערה, ולקחה אותה החוצה.

Inmediatamente cogió el cuenco y lo sacó.

הוא ראה שהיא לא הרימה את הקערה בידיים חשופות.

Él vio que ella no recogió el cuenco con sus propias manos.

במקום זאת היא הרימה את הקערה בעזרת אחד הסמרטוטים.

En lugar de eso, recogió el cuenco con uno de los trapos.

אבל גרגור שכח מהר מאוד את הפרט הקטן הזה.

Pero Gregor se olvidó muy rápidamente de este pequeño
detalle.

עכשיו הוא היה הרבה יותר נרגש ממשהו אחר.

Ahora estaba mucho más entusiasmado por otra cosa.

מה היא יכולה להביא כתחליף לחלב?

¿Qué podría traer como reemplazo de la leche?

היו לו מחשבות שונות לגבי מה שהיא עשויה להביא.

Tenía varios pensamientos sobre lo que ella podría traer.

אבל טוב ליבה של אחותו עלה על ציפיותיו.

Pero la bondad de su hermana superó sus expectativas.

היא הבינה שהיא חייבת לבדוק מה הטעמים החדשים שלו.

Se dio cuenta de que tenía que probar cuáles eran sus nuevos
gustos.

אז היא הביאה מבחר שלם של אוכל שונה.

Así que trajo toda una selección de alimentos diferentes.

ירקות רקובים למחצה, עצמות מארוחת הערב.

Verduras medio podridas, huesos de la cena.

רוטב שהתמצק מהארוחה השנייה שאכלו.

Salsa solidificada de la otra comida que habían comido.

כמה צימוקים, קצת שקדים, לחם יבש, לחם חמאה.

Unas pasas, unas almendras, pan seco, pan con mantequilla.

קצת לחם שהיה מרוח בחמאה וגם מומלח.

Un poco de pan untado con mantequilla y también con sal.

גבינה שגרגור הכריז עליה כבלתי אכילה לפני יומיים.

Queso que Gregor había declarado incomestible hacía dos
días.

כל מבחר האוכל הזה הונח על עיתון.

Toda esta selección de comida fue colocada en un periódico.

והיא גם הניחה קערת מים ליד הארוחות שלו.

Y también colocó un recipiente con agua al lado de sus comidas.

היא ידעה שגרגור לא היה אוכל מולה.

Ella sabía que Gregor no habría comido delante de ella.

אז מתוך כבוד אליו היא עזבה שוב את החדר.

Entonces, por respeto hacia él, salió nuevamente de la habitación.

והיא אפילו סובבה את המפתח במנעול כשעזבה.

Y hasta giró la llave en la cerradura al salir.

אבל היא סובבה את המפתח בשקט ובזהירות רבה.

Pero ella giró la llave muy silenciosamente y con mucho cuidado.

כך רק גרגור ידע שהדלת נעולה.

De esta manera sólo Gregor sabría que la puerta estaba cerrada.

עכשיו הוא יכול היה להרגיש בנוח כרצונו.

Ahora podía ponerse tan cómodo como quisiera.

רגליו של גרגור רעדו כשהגיע הזמן לאכול.

Las piernas de Gregor zumbaban cuando llegó la hora de comer.

ראוי לציין שהוא כבר לא חש אי נוחות.

Lo que vale la pena destacar es que ya no sentía ninguna molestia.

פצעיו בטח כבר הגלידו לחלוטין.

Sus heridas deben haber sanado ya por completo.

כי הוא כבר לא הרגיש את מוגבלויותיו הקודמות.

Porque ya no sentía sus discapacidades anteriores.

יכולתו החדשה לרפא הפתיעה והדהימה אותו.

Su nueva capacidad de curar lo sorprendió y lo asombró.

לפני יותר מחודש הוא חתך את אצבעו בסכין.

Hace más de un mes se cortó el dedo con un cuchillo.

עד לפני יומיים הפצע הזה עדיין כאב לו.

Hasta hace dos días esa herida todavía le dolía.

"האם אני הרבה פחות רגיש עכשיו?" הוא חשב לעצמו.

"¿Soy mucho menos sensible ahora?" pensó para sí mismo.

בשלב זה הוא כבר ינק את הגבינה בתאווה.

Para entonces ya estaba chupando con avidez el queso.

הוא נמשך לגבינה יותר מאשר למאכלים אחרים.

Se sintió atraído por el queso más que por el resto de la comida.

הוא אכל במהירות חתיכת גבינה אחת אחרי השנייה.

Comió rápidamente un trozo de queso tras otro.

עיניו דמעו מסיפוק למשמע טעמו.

Sus ojos se llenaron de lágrimas de satisfacción al probarlo.

אחרי הגבינה הוא אכל את הירקות והרוטב.

Después del queso comió las verduras y la salsa.

האוכל הטרי, לעומת זאת, לא טעים לו.

Sin embargo, la comida fresca no le sabía bien.

למעשה, הוא אפילו לא יכל לסבול את ריח האוכל הטרי.

De hecho, ni siquiera podía soportar el olor de la comida fresca.

הוא אפילו גרר את האוכל האחר הרחק מהאוכל הטרי.

Incluso arrastró el resto de la comida lejos de la comida fresca.

ומהר מאוד הוא סיים את האוכל הכי אכיל.

Y muy rápidamente terminó la comida más comestible.

לכל האוכל הטעים הייתה עליו השפעה מרדים.

Toda aquella deliciosa comida tuvo sobre él un efecto soporífero.

והוא שכב בעצלתיים במקום שבו אכל.

Y él permaneció acostado perezosamente en el lugar donde había comido.

בסופו של דבר אחותו חזרה לבדוק אותו שוב.

Finalmente su hermana regresó para ver cómo estaba nuevamente.

הייתה לה ראיית הנולד לסובב את המפתח לאט מאוד.

Tuvo la previsión de girar la llave muy lentamente.

זה נתן לגרגור אזהרה שעליו לסגת.

Esto le dio a Gregor una advertencia de que debía retirarse.

המום ומבוהל, הוא מיהר לחזור מתחת לספה.

Aturdido y sobresaltado, se apresuró a volver debajo del sofá.

אבל להישאר מתחת לספה לא היה כל כך קל הפעם.

Pero quedarse debajo del sofá no fue tan fácil esta vez.

גופו התעגל מעט מכל האוכל.

Su cuerpo se había vuelto un poco redondeado por tanta comida.

והוא היה צריך לשלוט בעצמו כדי לא לברוח שוב.

Y tuvo que controlarse para no quedarse sin nada otra vez.

למרות שהאחות לא נשארה זמן רב בחדר.

Aunque la hermana no permaneció mucho tiempo en la habitación.

הוא נאבק לנשום תחת החלל הצר הזה.

Le costaba respirar en ese estrecho espacio.

אבל הוא התגבר על התקפי החנק הקטנים.

Pero él siguió adelante a pesar de los pequeños ataques de asfixia.

בעיניים בולטות הוא צפה בפעילותה של האחות.

Con ojos desorbitados observaba las actividades de la hermana.

האחות התמימה שפכה הכל לדלי.

La hermana desprevenida vertió todo en un balde.

היא לא רק זרקה את האוכל שגרגור לא אכל.

Ella no sólo se deshizo de la comida que Gregor no había comido.

אבל היא גם זרקה את האוכל שהוא לא נגע בו.

Pero también se deshizo de la comida que él no había tocado.

כנראה שהאוכל הזה כבר לא היה אכיל לאף אחד.

Al parecer esa comida ya no era comestible para nadie.

לאחר מכן היא סגרה את דלי האוכל במכסה עץ.

Luego cerró el cubo de comida con una tapa de madera.

ועם האוכל, הדלי והמגב, היא עזבה.

Y con la comida, el balde y el trapeador, se fue.

גרגור לא היה מסוגל לחכות עוד הרבה זמן.

Gregor no habría podido esperar mucho más tiempo.

ברגע שהיא נעלמה הוא ברח מתחת לספה.

Tan pronto como ella se fue, él se escapó de debajo del sofá.

והוא התמתח והתנשף בהקלה.

Y se estiró y resopló aliviado.

כך גרגור קיבל אוכל מדי פעם מעכשיו.

Así recibía Gregorio comida de vez en cuando.

אחותו נתנה לו אוכל פעם אחת מוקדם בבוקר.

Su hermana le dio de comer una vez temprano en la mañana.

בשעה זו ההורים והמשרתת עדיין ישנו.

A esta hora los padres y la criada todavía dormían.

והוא קיבל ארוחה שנייה אחרי שכולם אכלו צהריים.

Y recibió una segunda comida después de que todos
almorzaron.

כי באותה תקופה גם ההורים ישנו קצת.

Porque en ese momento los padres también durmieron un
rato.

והמשרתת נשלחה על ידי האחות לשליחות כלשהי.

Y la doncella fue enviada por su hermana a hacer algún
recado.

בוודאי שלא הייתה להם שום כוונה להרעיב את גרגור.

Ciertamente no tenían intención de dejar morir de hambre a
Gregor.

אבל גם הם לא היו רוצים לראות אותו אוכל.

Pero tampoco hubieran querido verlo comer.

מה שהאחות הזכירה היה מספיק מידע.

Lo que mencionó la hermana fue suficiente información.

אולי זו הייתה דרכה לחסוך מההורים את הצער.

Quizás era su manera de ahorrarles dolor a los padres.

הם כבר סבלו מספיק ממעשיו.

Ya habían sufrido bastante por sus acciones.

היום הראשון הפך אט אט לזיכרון רחוק.

El primer día se iba convirtiendo poco a poco en un recuerdo
lejano.

לגרגור לא הייתה שום דרך לדעת מה קרה באותו יום.

Gregor no tenía forma de saber lo que pasó ese día.

כיצד הובילו את המנעולן אל מחוץ לדירה?

¿Cómo fue guiado el cerrajero fuera del apartamento?

עם אילו תירוצים הסתפק הרופא לבסוף?

¿Con qué excusas quedó finalmente satisfecho el médico?

הוא לא מצא שום דרך להפוך את עצמו למובן.

No había encontrado ningún modo de hacerse entender.

הוא אפילו לא הצליח לתקשר עם אחותו.

Ni siquiera logró comunicarse con su hermana.

ולכן הם חשבו שהוא לא יוכל להבין אותם.

Y entonces pensaron que no podía entenderlos.

ולכן לא נעשה כל מאמץ לדבר איתו.

Y por eso no se hizo ningún esfuerzo para hablar con él.

אחותו נכנסה לחדרו כל בוקר וצהריים.

Su hermana entraba en su habitación todas las mañanas y a la hora del almuerzo.

אבל הוא נאלץ להסתפק בשמיעת אנחותיה.

Pero él tuvo que contentarse con escuchar sus suspiros.

מאוחר יותר היא התרגלה קצת יותר לצורה של גרגור.

Más tarde se acostumbró un poco más a la forma de Gregor.

והיא הרגישה קצת יותר חופש להעיר עוד הערות.

Y se sintió un poco más libre para hacer más comentarios.

(למרות שהיא לעולם לא תתרגל אליו לגמרי).

(Aunque nunca se acostumbraría del todo a él.)

ואז גרגור הרגיש שוב שמדברים אליו קצת יותר.

Y entonces Gregor se sintió nuevamente hablado un poco más.

והוא קלט את מה שהוא ראה כהערות ידידותיות.

Y captó lo que percibió como comentarios amistosos.

"הוא נהנה מהאוכל שלו היום", או "הוא אכל הכל."

"Disfrutó su comida hoy" o "comió todo".

אבל זה היה רק כשהוא אכל את כל האוכל שלו.

Pero eso fue sólo cuando hubo comido toda su comida.

אבל לאחרונה זה נהיה יותר ויותר נדיר.

Pero últimamente esto se está volviendo cada vez menos frecuente.

"הוא בקושי נגע באוכל שלו", היא אמרה עכשיו לעתים קרובות יותר.

"Apenas tocaba la comida", decía ella con más frecuencia ahora.

ובכל פעם הייתה נגיעה של עצב בקולה.

Y había un toque de tristeza en su voz cada vez.

גרגור לא יכול היה לשמוע חדשות אחרות בצורה ישירה יותר.

Gregor no pudo escuchar ninguna otra noticia más
directamente.

אבל הוא שמע הרבה חדשות מהחדרים הסמוכים.

Pero escuchó muchas noticias de las habitaciones contiguas.

כששמע קולות הוא רץ אל הדלת המתאימה.

Al oír voces corrió hacia la puerta correspondiente.

והוא לחץ את כל גופו אל הדלת כדי לשמוע.

Y apretó todo su cuerpo contra la puerta para escuchar.

כל השיחות התייחסו אליו בצורה כזו או אחרת.

Todas las conversaciones le concernían de una manera u otra.

אפילו כשהנושא נראה כאילו הוא עוסק במשהו אחר.

Incluso cuando el tema parecía ser sobre otra cosa.

תצפית זו הייתה נכונה במיוחד בימים הראשונים.

Esta observación fue especialmente cierta en los primeros
tiempos.

במהלך כל ארוחה הם חזרו על אותה שיחה.

Durante cada comida repetían la misma discusión.

הם עדיין לא היו בטוחים כיצד להתנהג לידו.

Todavía no estaban seguros de cómo comportarse a su
alrededor.

אבל אותו נושא נדון גם בין הארוחות.

Pero el mismo tema también se discutió entre comidas.

כי תמיד היו שני בני משפחה בבית.

Porque siempre había dos miembros de la familia en casa.

אף אחד לא רצה להישאר בבית לבד.

Nadie quería quedarse solo en la casa.

אבל גם להשאיר את הדירה ריקה לא בא בחשבון.

Pero dejar el piso vacío tampoco era una opción.

העוזרת הייתה היחידה שלא הייתה קשורה לדירה.

La criada era la única que no estaba atada al apartamento.

היא כבר ביקשה לעזוב ביום הראשון.

Ella ya había pedido irse el primer día.

היא כרעה על ברכיה והתחננה שיפטרו אותה.

Ella se puso de rodillas y pidió que la despidieran.

המשפחה לא ידעה כמה באמת ידעה המשרתת.

La familia no sabía cuánto sabía realmente la criada.

באותו שלב היא לא ראתה יותר מכל אחד אחר.

En ese momento ella no había visto más que nadie.

מה שקרה עדיין היה בגדר תעלומה למשפחה.

Lo sucedido todavía era un misterio para la familia.

אבל רבע שעה לאחר מכן היא נפרדה לשלום.

Pero un cuarto de hora después se despidió.

והיא הודתה למשפחה כשדמעות בעיניה.

Y agradeció a la familia con lágrimas en los ojos.

אבל באמת היא הודתה להם על ששחררו אותה.

Pero en realidad les agradeció por haberla liberado.

נראה שהם גילו כלפיה את החסד הגדול ביותר.

Parecían haberle mostrado la mayor bondad.

היא אפילו נשבעה שבועה, מבלי שהתבקשה לעשות זאת.

Incluso hizo un juramento sin que se lo pidieran.

היא אמרה שלא תספר לאף אחד מה קרה.

Dijo que no le contaría a nadie lo que había sucedido.

עכשיו האחות הייתה צריכה לבשל יחד עם אמה.

Ahora la hermana tenía que cocinar junto con su madre.

אבל זו לא באמת הייתה אי נוחות גדולה מדי.

Pero esto realmente no era un gran inconveniente.

כי שניהם כמעט ולא אכלו כלום ממילא.

Porque de todas formas los dos no comían casi nada.

שוב ושוב גרגור שמע את אותה שיחה.

Gregor escuchó una y otra vez la misma conversación.

אדם אחד אמר לשני שהוא חייב לאכול יותר.

Una persona le decía a otra que tenía que comer más.

אבל אותו אדם לא קיבל תשובה מהאדם.

Pero esa persona no recibió ninguna respuesta de la persona.

"תודה, יש לי מספיק", או משהו דומה.

"Gracias, tengo suficiente", o algo similar.

אולי גם הם כבר לא שתו כלום.

Quizás ya no bebían nada tampoco.

האחות שאלה לעתים קרובות את אביה אם הוא רוצה בירה.

La hermana a menudo le preguntaba a su padre si quería cerveza.

והיא הציעה בחום להביא את הבירה בעצמה.

Y ella misma se ofreció calurosamente a ir a buscar la cerveza.

האב תמיד שתק לבקשתה.

El padre siempre permanecía en silencio ante su petición.

אז האחות הייתה צריכה למצוא דרך להסיר כל ספק.

Así que la hermana tuvo que encontrar una manera de eliminar cualquier duda.

והיא אמרה שהיא תשלח את המשרתת להביא קצת בירה.

Y ella dijo que enviaría a la criada a buscar algo de cerveza.

אבל אז האב סוף סוף אמר "לא" גדול ומוחלט.

Pero entonces el padre finalmente dijo un gran y rotundo "no".

ואז הנושא של שתיית בירה כבר לא הוזכר.

Luego ya no se volvió a mencionar el tema de tomar una cerveza.

הוא כבר הסביר את המצב הכלכלי קודם לכן.

Ya había explicado anteriormente la situación financiera.

למעשה, הוא הזכיר את נושא הכספים כבר ביום הראשון.

De hecho, mencionó las finanzas el primer día.

הוא הבהיר להם היטב מהן הסיכויים.

Les hizo saber perfectamente cuáles eran las perspectivas.

העסק שלו עצמו קרס לפני כחמש שנים.

Su propio negocio se había derrumbado hacía unos cinco años.

מדי פעם הוא קם כדי לעזוב את השולחן.

De vez en cuando se levantaba para abandonar la mesa.

והוא ניגש לקופה של העסק הישן שלו.

Y se dirigió a la caja registradora de su antiguo negocio.

הוא שמר את הקופה הרושמת מתוך סנטימנטליות.

Había salvado la caja registradora por sentimentalismo.

גרגור שמע אותו פותח מנעול כבד ומסובך.

Gregor lo oyó abrir una cerradura pesada y complicada.

והוא הוציא קבלות וספרים מקופת הכספים.

Y sacó recibos y libros de la caja.

לאחר שלקח את החפצים הוא נעל שוב את תיבת הכספים.

Después de tomar los objetos volvió a cerrar la caja fuerte.

גרגור לא שמע חדשות טובות מאז מאסרו.

Gregor no había tenido buenas noticias desde su encarcelamiento.

הוא חשב שהעסק גרם לפשיטת רגל של אביו.

Pensó que el negocio había llevado a la quiebra a su padre.

האב בהחלט נתן לגרגור את הרושם הזה.

El padre seguramente le había dado esa impresión a Gregor.

וגרגור מעולם לא שאל אותו יותר על הכספים.

Y Gregor nunca le preguntó más sobre las finanzas.

גרגור רצה לעשות כל שביכולתו כדי לעזור למשפחה.

Gregor quería hacer todo lo posible para ayudar a la familia.

הוא רצה לעזור להם לשכוח את חוסר המזל העסקי.

Quería ayudarlos a olvidar la desgracia empresarial.

פשיטת הרגל שהביאה לאיבוד תקווה מוחלט.

La quiebra que provocó la desesperanza más completa.

אז הוא התחיל לעבוד עם תשוקה מיוחדת מאוד.

Así que empezó a trabajar con una pasión muy especial.

הוא הפך לסוחר נודד כמעט בן לילה.

Se había convertido en un vendedor ambulante casi de la noche a la mañana.

לפני כן הוא עבד רק כפקיד בשכר נמוך.

Antes de eso, sólo había trabajado como empleado con un salario bajo.

עכשיו היו לו הזדמנויות השתכרות שונות לחלוטין.

Ahora tenía oportunidades de ingresos completamente diferentes.

מכירות מוצלחות יוכלו להפוך באופן מיידי למזומן.

Las ventas exitosas podrían convertirse inmediatamente en efectivo.

המזומן כמובן משולם מהעמלות שלו.

El dinero en efectivo, por supuesto, se paga con sus comisiones.

עכשיו גרגור היה מסוגל לשים כסף על שולחן המשפחה.

Ahora Gregor podía poner dinero en la mesa familiar.

והם נדהמו ושמחו מהכנסותיו.

Y estaban asombrados y contentos con sus ganancias.

אבל הזמנים היפים האלה לא יחזרו על עצמם שוב.

Pero esos tiempos hermosos no se repetirán nuevamente.

הם רק עכשיו התרגלו לזמנים הטובים האלה.

Apenas se habían acostumbrado a esos buenos tiempos.

בכל יום משכורת המשפחה קיבלה את הכסף בהכרת תודה.

Cada día de pago la familia aceptaba el dinero con gratitud.

וגרגור שמח באותה מידה למסור את הכסף.

Y Gregor estaba igualmente feliz de entregar el dinero.

אבל החיבה החמה שניתנה בתמורה דעכה אט אט.

Pero el cálido afecto que recibía a cambio fue muriendo lentamente.

רק אחותו נותרה קרובה לגרגור כבעבר.

Sólo su hermana permaneció tan cerca de Gregor como antes.

היא, בניגוד לגרגור, אהבה מאוד מוזיקה.

Ella, a diferencia de Gregor, tenía un profundo aprecio por la música.

והיא ידעה לנגן בכינור בצורה נוגעת ללב מאוד.

Y ella sabía tocar el violín de una manera muy conmovedora.

גרגור תכנן בסתר לשלוח אותה לבית ספר למוזיקה.

Gregor planeó en secreto enviarla a la escuela de música.

הוא עדיין לא החליט כיצד ישלם את ההוצאות.

Aún no había decidido cómo pagaría los gastos.

אבל בדרך זו או אחרת הוא יכסה את העלויות.

Pero de una forma u otra cubriría los costos.

מדי פעם גרגור והמשפחה יצאו לטיולים קצרים.

De vez en cuando Gregor y su familia hacían pequeños viajes.

גרגור והאחות העלו את הנושא לעתים קרובות.

Gregor y su hermana abordaron este tema con frecuencia.

אבל זה הוזכר רק כרעיון נפלא.

Pero sólo se mencionó como una idea maravillosa.

הם לא באמת האמינו שהחלום יכול להתגשם.

Realmente no creían que el sueño pudiera realizarse.

וההורים לא אהבו שאיפות דמיוניות כאלה.

Y a los padres no les gustaban esas ambiciones fantasiosas.

אפילו כשהנושא הועלה בתמימות רבה.

Incluso cuando el tema se planteó de manera muy inocente.

אבל גרגור המשיך לחשוב על בית הספר למוזיקה.

Pero Gregor seguía pensando en la escuela de música.

והוא תכנן להכריז על המתנה בערב חג המולד.

Y tenía pensado anunciar el regalo en Nochebuena.

כמובן שבמצבו הנוכחי זה יהיה בלתי אפשרי.

Por supuesto, en su estado actual sería imposible.

אבל מחשבות כאלה חלפו לו בראש.

Pero ese tipo de pensamientos pasaban por su cabeza.

והיו לו מחשבות כאלה כשהקשיב למשפחה.

Y tenía estos pensamientos mientras escuchaba a la familia.

לעיתים הוא נעשה עייף מדי מכדי להמשיך להקשיב להם.

A veces se cansaba demasiado para seguir escuchándolos.

ראשו נפל על הדלת מעייפותו.

Su cabeza cayó contra la puerta por el cansancio.

אבל מיד הוא הצמיד את ראשו שוב לדלת.

Pero inmediatamente volvió a apoyar la cabeza contra la
puerta.

כי אפילו הרעש הקל ביותר נשמע מבחוץ.

Porque incluso el ruido más leve se podía oír afuera.

וכל רעש שהוא היה עושה היה גורם למשפחה להשתתק.

Y cualquier ruido que hacía hacía que la familia se quedara en
silencio.

"מה הוא עושה עכשיו?" שאל האב את המשפחה.

"¿Qué está haciendo ahora?" preguntó el padre a la familia.

והוא ניגש לדלת כדי לבדוק מה הרעש.

Y fue a la puerta para comprobar qué era aquel ruido.

ואז השיחה הקטועה התחדשה בהדרגה.

Y luego la conversación interrumpida se reanudó
gradualmente.

אבל מה שאמר האב הפתיע לטובה את כולם.

Pero lo que dijo el padre sorprendió positivamente a todos.

גרגור למד כעת את מצבם האמיתי של הכספים.

Gregor ahora conoció la verdadera situación de las finanzas.

למרות כל הצרות, היה גם קצת מזל טוב.

A pesar de todas las desgracias, hubo algo de buena suerte.

הון קטן מאוד מהימים ההם עדיין היה שם.

Aún quedaba allí una muy pequeña fortuna de los viejos tiempos.

האב הסביר דברים, אך נאלץ לחזור על דבריו.

El padre explicó las cosas, pero tuvo que repetirlas.

כי הוא לא עסק בדברים האלה זמן מה.

Porque hacía tiempo que no se ocupaba de estas cosas.

ומכיוון שהאם לא הבינה דברים כאלה.

Y porque la madre no entendía tales cosas.

הריביות מהבנק עלו מעט.

Los tipos de interés del banco habían subido un poco.

הכסף שלא נגעו בו גדל יותר מהצפוי.

El dinero intacto había aumentado más de lo esperado.

בנוסף, גרגור תמיד נתן להם את חסכונותיו.

Además Gregor siempre les había dado sus ahorros.

הוא שמר לעצמו רק כמה גילדים.

Sólo había conservado unos pocos florines para sí.

וגם הכסף שלו לא נוצל לחלוטין.

Y su dinero aún no se había agotado por completo.

יחד הכסף הזה הצטבר להון קטן.

En conjunto, este dinero se había acumulado hasta formar un pequeño capital.

גרגור, מאחורי דלת ביתו, הנהן בהתלהבות לשמע החדשות.

Gregor, detrás de su puerta, asintió con entusiasmo ante la noticia.

הוא היה מרוצה מהזהירות והחסכנות הבלתי צפויות הללו.

Le agradó esta inesperada cautela y frugalidad.

את עודפי הכסף היה ניתן להשתמש כדי לשלם את החוב.

Los fondos sobrantes podrían haberse utilizado para pagar la deuda.

אז הם לא היו חייבים יותר לבוס כלום.

Entonces ya no le deberían nada al patrón.

וגרגור היה יכול לעבור לעבודה חדשה הרבה יותר מוקדם.

Y Gregor podría haber cambiado de trabajo mucho antes.

אבל איך שהאב סידר את זה היה הרבה יותר טוב עכשיו.

Pero ahora la manera como el padre lo dispuso estaba mucho mejor.

הכסף לא הספיק כדי לחיות מהריבית.

El dinero no era suficiente para vivir de los intereses.

והיה צורך להפריש קצת כסף למקרי חירום.

Y había que reservar algo de dinero para emergencias.

זה היה מספיק כסף רק לשנה או שנתיים.

Sólo habría sido suficiente dinero para uno o dos años.

משמעות הדבר היא שמישהו היה צריך להרוויח כסף כדי שיוכל לחיות.

Esto significaba que alguien tenía que ganar dinero para que pudieran vivir.

האב לא היה חולה, והוא היה חזק מספיק.

El padre no estaba enfermo y era bastante fuerte.

אבל הוא היה מובטל כבר יותר מחמש שנים.

Pero llevaba más de cinco años sin trabajo.

ובגלל גילו, לא נותר לו ביטחון עצמי רב.

Y, debido a su edad, le quedaba poca confianza en sí mismo.

הוא גם עלה הרבה במשקל לאחרונה.

También había engordado mucho en los últimos tiempos.

חייו תמיד היו קשים וחסרי הצלחה.

Su vida siempre había sido ardua y sin éxito.

וזו הייתה החופשה הראשונה שלו אי פעם.

Y éstas habían sido las primeras vacaciones que había tenido.

ובלי שהיה עסוק הוא נהיה מגושם למדי.

Y sin estar ocupado se había vuelto bastante torpe.

האם יהיה עדיף אם האם הזקנה תרוויח את הכסף?

¿Sería mejor si la anciana madre ganara el dinero?

האם הזקנה שסבלה מאסטמה.

La anciana madre que sufría de asma.

האם הזקנה שהתקשתה לעלות במדרגות.

La anciana madre que luchaba por subir las escaleras.

האם הזקנה שבילתה את זמנה בשכיבה על הספה.

La anciana madre que pasaba el tiempo tumbada en el sofá.

האם הזקנה שהעדיפה להישאר ליד החלון.

La anciana madre que prefería quedarse junto a la ventana.

כדי שתוכל לנשום כשצריך.

Para poder recuperar el aliento cuando lo necesitara.

האם יהיה עדיף אם האחות הצעירה תרוויח את הכסף?

¿Sería mejor si la hermana joven ganara el dinero?

האחות, שבגיל שבע עשרה, הייתה עדיין ילדה.

La hermana, que a sus diecisiete años era todavía apenas una niña.

האחות שהיו לה רק כמה הנאות צנועות.

La hermana que sólo tuvo unos pocos placeres modestos.

האחות שנהנתה בעיקר לנגן בכינור.

La hermana a quien le gustaba principalmente tocar el violín.

היא ידעה שאורח חייה הקודם היה מעורר קנאה רבה;

Ella sabía que su anterior forma de vida era muy envidiable;

להתלבש יפה, להתעורר מאוחר, לעזור בבית.

Vestirse bien, levantarse tarde, ayudar en la casa.

השיחה נסבה לעתים קרובות על הצורך להרוויח כסף.

La conversación a menudo giraba en torno a la necesidad de ganar dinero.

גרגור תמיד היה הראשון לשחרר את הדלת.

Gregor siempre era el primero en soltar la puerta.

השיחה גרמה לו להיט מבושה וצער.

La conversación lo puso caliente de vergüenza y dolor.

אז הוא השליך את עצמו על ספת העור הקרירה.

Entonces se dejó caer en el refrescante sofá de cuero.

והוא היה מבלה לעתים קרובות את שארית הלילה על הספה.

Y a menudo pasaba el resto de la noche en el sofá.

הוא אף פעם לא באמת ישן על הספה, וגם לא בלילה.

Nunca durmió realmente en el sofá, ni tampoco por la noche.

לעתים קרובות הוא פשוט גירד את העור במשך שעות על גבי שעות.

A menudo, simplemente se quedaba rascando el cuero durante horas y horas.

פעמים אחרות הוא דחף את הכורסה אל החלון.

Otras veces empujaba el sillón hacia la ventana.

זה לבדו דרש מצידו מאמץ רב.

Esto solo requirió un gran esfuerzo de su parte.

הכורסה עזרה לו לזחול אל אדן החלון.

El sillón le ayudó a subirse al alféizar de la ventana.

ומשם הוא היה מסוגל להישען על החלון.

Y desde allí pudo apoyarse en la ventana.

הוא הרגיש תחושת חופש גדולה כשהוא עושה זאת.

Solía sentir una gran sensación de libertad al hacer esto.

אולי הוא חיפש איזו תחושה של שחרור ישנה.

Quizás estaba buscando algún viejo sentimiento liberador.

אבל ראייתו לא היתה חדה כמו שהייתה פעם.

Pero su visión no era tan nítida como solía ser.

דברים במרחק קל היו מטושטשים ולא ברורים.

Las cosas a cierta distancia se veían borrosas e indistintas.

הוא כבר לא ראה את בית החולים מעבר לכביש.

Ya no podía ver el hospital al otro lado de la calle.

קודם הוא קילל את הנוף, עכשיו הוא רצה לראות אותו.

Antes había maldecido la vista, ahora quería verla.

הוא ידע שהוא גר ברחוב שרלוטנשטרסה השקט והעירוני.

Sabía que vivía en la tranquila y urbana Charlottenstrasse.

אבל אולי הוא חשב שהוא מביט אל תוך המדבר.

Pero podría haber pensado que estaba mirando el desierto.

שממה שבה שמיים אפורים ואדמה אפורה התמזגו.

Un páramo donde el cielo gris y la tierra gris se fusionaban.

פעמיים שמה האחות הקשובה לב שהכיסא זז.

La atenta hermana notó dos veces que la silla se había movido.

לאחר שסידרה, היא דחפה את הכיסא בחזרה אל החלון.

Después de ordenar, empujó la silla hacia la ventana.

ומעכשיו היא אפילו השאירה את משקוף החלון פתוח.

Y a partir de ahora incluso dejó la ventana abierta.

גרגור באמת היה רוצה לדבר עם אחותו.

Gregor realmente hubiera deseado poder hablar con su
hermana.

הוא רצה להודות לה על כל מה שעשתה בשבילו.

Quería agradecerle por todo lo que hizo por él.

אז הוא היה סובל את שירותיהם ביתר קלות.

Entonces habría tolerado más fácilmente sus servicios.

אבל כפי שהדברים היו, הוא סבל מעזרתה.

Pero tal como estaban las cosas, él sufrió por su ayuda.

האחות, כמובן, ניסתה לטשטש את המבוכה.

La hermana, por supuesto, intentó disimular la vergüenza.

והיא עשתה כמיטב יכולתה להעמיד פנים שהיא לא מרגישה נטל.

Y ella hizo todo lo posible para fingir que no se sentía
agobiada.

כמובן שזה משהו שהיא הייתה צריכה להתאמן עליו קודם.

Por supuesto, esto es algo que tenía que practicar primero.

וככל שחלף הזמן, כך היא השתפרה בזה.

Y cuanto más tiempo pasaba, mejor lo hacía.

אבל לגרגור ניתן גם יותר זמן לראות את העמדת הפנים שלה.

Pero a Gregor también se le dio más tiempo para ver su
pretensión.

אפילו כניסתה לחדרו הייתה חוויה קשה עבורו.

Incluso su entrada a su habitación fue una prueba para él.

ברגע שנכנסה, היא רצה ישר אל החלון.

Tan pronto como entró, corrió directamente a la ventana.

היא אפילו לא הקדישה זמן לסגור את הדלת.

Ni siquiera se tomó el tiempo de cerrar la puerta.

בדרך כלל היא חסכה מכולם את המראה של חדרו של גרגור.

Normalmente ella evitaba que todos vieran la habitación de
Gregor.

והיא פתחה את החלון במשיכה בידיים חפוזות.

Y abrió la ventana de golpe con manos apresuradas.

ואז היא נשמה שוב כאילו נחנקה.

Luego volvió a respirar como si se estuviera asfixiando.

האוויר שנכנס היה קר, והיא נשמה עמוקות.

El aire que entraba era frío y ella respiraba profundamente.

אבל בכל זאת היא נשארה ליד החלון זמן מה.

Pero aún así se quedó junto a la ventana por un rato.

היא הפחידה את גרגור פעמיים ביום עם השגרה הזו.

Con esta rutina asustaba a Gregor dos veces al día.

בזמן שהיא הייתה בחדר הוא רעד מתחת לספה.

Mientras ella estaba en la habitación él temblaba debajo del
sofá.

הוא ידע שהיא הייתה רוצה לחסוך ממנו את החוויה הקשה.

Él sabía que a ella le habría gustado ahorrarle esa terrible experiencia.

אבל היא לא יכלה להיות בחדר עם חלון סגור.

Pero ella no podía estar en la habitación con la ventana cerrada.

הייתה פעם אחת שהיא הגיעה קצת יותר מוקדם.

Hubo una ocasión en que ella llegó un poco antes.

כנראה בערך חודש לאחר השינוי של גרגור.

Probablemente alrededor de un mes después de la transformación de Gregor.

היא התרגלה במידה מסוימת למראהו החדש.

Ella se había acostumbrado un poco a su nueva apariencia.

אז לא הייתה לה סיבה להיות מזועזעת במיוחד יותר.

Así que ya no tenía por qué estar particularmente sorprendida.

היא מצאה אותו עדיין בוהה מהחלון, ללא תנועה.

Ella lo encontró todavía mirando por la ventana, inmóvil.

הוא היה במקום הכי נורא שיכול היה להיות בו.

Estaba en el lugar más horrible en el que podría haber estado.

הוא לא היה מופתע אלמלא נכנסה.

No le habría sorprendido si ella no hubiera entrado.

היכן שהוא מנע ממנה לפתוח את החלון.

Donde le impidió abrir la ventana.

היא יצאה שוב מהחדר במהירות, וסגרה את הדלת.

Ella salió rápidamente de la habitación y cerró la puerta.

זר היה יכול להגיע לכל מיני מסקנות.

Un extraño podría haber llegado a todo tipo de conclusiones.

אולי הוא פשוט חיכה להזדמנות לנשוך אותה.

Quizás sólo estaba esperando la oportunidad de morderla.

גרגור, כמובן, התחבא מיד מתחת לספה.

Gregor, por supuesto, se escondió inmediatamente debajo del sofá.

אבל הוא היה צריך לחכות עד הצהריים עד שאחותו תחזור.

Pero tuvo que esperar hasta el mediodía para que su hermana regresara.

והיא נראתה הרבה יותר חסרת מנוחה מהרגיל.

Y ella parecía mucho más inquieta que de costumbre.

הוא הבין שהמראה שלו עדיין בלתי נסבל.

Se dio cuenta de que verlo todavía era insoportable.

המראה שלו יישאר בלתי נסבל עבורה.

Verlo seguiría siendo insoportable para ella.

היא כנראה לא יכלה לשאת את האפשרות לראות שום חלק ממנו.

Probablemente no podría soportar ver ninguna parte de él.

חלק קטן תמיד בלט מתחת לספה.

Siempre sobresalía una pequeña parte de debajo del sofá.

יום אחד הוא נשא סדין על גבו אל הספה.

Un día llevó una sábana sobre su espalda hasta el sofá.

הוא רצה למנוע ממנה לראות שום חלק ממנו.

Quería evitar que ella viera cualquier parte de él.

הוא סידר את הסדין כך שכולו היה מוסתר.

Él dispuso la sábana de tal manera que todo él quedara oculto.

אפילו אם היא תתכופף, היא לא תוכל לראות אותו.

Incluso si se agachara no podría verlo.

כל המאמץ ארך לגרגור יותר משלוש שעות.

Todo el esfuerzo le llevó a Gregor más de tres horas.

ייתכן שהיא חשבה שהסדין מיותר.

Quizás pensó que la sábana era innecesaria.

היא הייתה יודעת שהוא לא רוצה את הסדין.

Ella habría sabido que él no quería la sábana.

הוא עשה זאת לנוחותה, ולא לעצמו.

Lo hacía para su comodidad, no para la suya propia.

והיא יכלה להסיר את הסדין אם רצתה.

Y podría haber quitado la sábana si hubiera querido.

אבל היא השאירה את הסדין במקום שבו גרגור הניח אותו.

Pero dejó la sábana donde Gregor la había puesto.

וגרגור אפילו חשב שקלט מבט אסיר תודה.

Y Gregor incluso creyó haber captado una mirada de
agradecimiento.

הוא הרים בעדינות את הסדין בעזרת ראשו.

Había levantado suavemente la sábana con la cabeza.

הוא רצה לראות אם אחותו אוהבת את הסידור.

Quería ver si a su hermana le gustaba el arreglo.

השבועיים הראשונים היו הקשים ביותר עבור ההורים.

Las dos primeras semanas fueron las más difíciles para los padres.

הם לא יכלו להביא את עצמם לבוא ולראות אותו.

No pudieron animarse a entrar y verlo.

הוא שמע רבות משיחותיהם באותו זמן.

Escuchó muchas de sus conversaciones en ese momento.

הם הודו במלואם בכל מה שהאחות עשתה.

Reconocieron plenamente todo lo que hacía la hermana.

למרות שפעם הם היו עצבניים עליה לעתים קרובות.

Aunque solían estar molestos con ella a menudo.

כי היא נראתה כילדה קצת חסרת תועלת.

Porque ella parecía ser una chica un tanto inútil.

עכשיו היו אלה שהם שחיכו בצד השני של החדר.

Ahora eran ellos quienes esperaban al otro lado de la habitación.

והיא זו שנכנסה לחדר ועשתה הכל.

Y fue ella quien entró en la habitación a hacer todo.

ברגע שהיא יצאה הם רצו לדעת הכל.

Tan pronto como salió quisieron saberlo todo.

היא הייתה צריכה לספר להם בדיוק איך החדר נראה.

Tenía que decirles exactamente cómo era la habitación.

"מה גרגור אכל? איך הוא התנהג הפעם"?

¿Qué comió Gregor? ¿Cómo se comportó esta vez?

"אולי היה שיפור קל שניתן להבחין בו"?

"¿Quizás se notó una ligera mejoría?"

האם, אגב, הייתה דווקא אמיצה יותר.

La madre, por cierto, fue en realidad más valiente.

וכמובן שזה היה הבן שלה בתוך החדר.

Y por supuesto, era su propio hijo el que estaba dentro de la habitación.

היא למעשה רצתה לבקר את גרגור בקרוב יחסית.

En realidad quería visitar a Gregor relativamente pronto.

אבל האב והאחות בתחילה עיכבו אותה.

Pero al principio el padre y la hermana la frenaron.

הם העלו טיעונים מאוד הגיוניים בעד שלא תלך.

Le dieron argumentos muy racionales para que no fuera.

גרגור הקשיב בתשומת לב רבה לטיעוניהם.

Gregor escuchó con mucha atención sus razonamientos.

והוא קיבל את ההיגיון בדיוק כמו אמו.

Y él aceptó el razonamiento tanto como su madre.

אולם מאוחר יותר נאלצו לעצור אותה בכוח.

Pero más tarde hubo que retenerla por la fuerza.

"תן לי להיכנס אל גרגור, הוא בני האומלל"!

"¡Déjame entrar con Gregor, es mi desdichado hijo!"

"אתה לא מבין שאני צריך ללכת לראות אותו"?

-¿No entiendes que tengo que ir a verlo?

גם גרגור השתכנע מטיעוני אמו.

Gregor también se dejó convencer por los argumentos de su madre.

אולי היא צדקה; זה יהיה טוב אם היא תבוא.

Quizás tenía razón: sería bueno que entrara.

לבוא להיראות עליו כל יום יהיה יותר מדי.

Venir a verlo todos los días sería demasiado.

אבל לראות אותו אולי פעם בשבוע אולי מספיק.

Pero verlo una vez a la semana podría ser suficiente.

היא אולי מבינה דברים הרבה יותר טוב מהאחות.

Ella podría entender las cosas mucho mejor que la hermana.

למרות כל אומץ ליבה, היא עדיין הייתה ילדה.

A pesar de todo su coraje, ella todavía era sólo una niña.

אולי פזיזות ילדותית גרמה לה לקחת על עצמה את המשימה.

Quizás la imprudencia infantil la impulsó a aceptar esa tarea.

אבל משאלתו של גרגור לראות את אמו התגשמה במהרה.

Pero el deseo de Gregor de ver a su madre pronto se hizo realidad.

במשך היום גרגור התרחק מהחלון.

Durante el día Gregor se mantenía alejado de la ventana.

הוא עשה זאת מתוך התחשבות בהוריו.

Lo hizo por consideración a sus padres.

לא היה לו הרבה מקום לזחול על הרצפה.

No tenía mucho espacio para arrastrarse por el suelo.

הוא התקשה לשכב בשקט בלילה.

Le resultaba difícil permanecer quieto durante la noche.

האכילה כבר לא הסבה לו שמץ של הנאה.

Comer ya no le producía el más mínimo placer.

כמובן שהוא היה צריך למצוא דרך כלשהי להסיח את דעתו.

Por supuesto que tenía que encontrar alguna manera de distraerse.

כדי לבדר את עצמו הוא זחל הלוך ושוב על הקירות.

Para entretenerse se arrastraba por las paredes.

והוא גם זחל לאורך התקרה, הפוך.

Y también se arrastró por el techo, boca abajo.

הוא היה שמח במיוחד כשהוא נתלה מהתקרה.

Estaba especialmente feliz cuando colgaba del techo.

זה היה שונה לגמרי מלשכב על הרצפה.

Fue completamente diferente a estar tendido en el suelo.

הוא גילה שקל לו הרבה יותר לנשום בתנוחה הזו.

Le resultó mucho más fácil respirar en esta posición.

רטט קל אך נעים עבר בגופו.

Una ligera pero agradable vibración recorrió su cuerpo.

לפעמים הוא אפילו נרגע יותר מדי לתוך אושרו.

A veces incluso se relajaba demasiado en su felicidad.

לפעמים הוא הוסח את דעתו, והרפה מהתקרה.

A veces se distraía y se soltaba del techo.

ולהפתעתו הוא נחת חזרה על הקרקע.

Y para su propia sorpresa, aterrizó de nuevo en el suelo.

אבל הייתה לו שליטה טובה בגופו הרבה יותר מאשר קודם.

Pero tenía mucho mejor control de su cuerpo que antes.

אז הוא לא נפגע בעצמו מנפילות גדולות כאלה עכשיו.

Para que ahora no se haga daño con caídas tan fuertes.

האחות שמה לב מיד להנאתו החדשה של גרגור.

La hermana notó inmediatamente el nuevo placer de Gregor.

והיו עקבות של דבק במקום בו זחל.

Y había restos de adhesivo donde se había arrastrado.

כאן שוב חשבה האחות על בריאותו של גרגור.

Aquí nuevamente la hermana pensó en el bienestar de Gregor.

אולי הוא יעריך יותר מקום לזחול.

Quizás apreciaría más espacio para gatear.

והרעיון התבסס היטב בראשה.

Y la idea se instaló firmemente en su cabeza.

חלק מהרהיטים הגדולים מנעו את תנועתו החופשית.

Algunos de los muebles de gran tamaño impedían su libre movimiento.

הוא כבר לא עבד, אז לא היה לו צורך בשולחן.

Ya no trabajaba así que no necesitaba el escritorio.

וגם הקופסה תפסה יותר מקום ממה שהיה צריך***.

Y la caja ocupaba más espacio del necesario. ***

האחות לא יכלה להזיז את הדברים האלה לבד.

La hermana no era capaz de mover estas cosas sola.

כמובן שהיא לא העזה לבקש עזרה מהאב.

Por supuesto que no se atrevió a pedirle ayuda al padre.

גם המשרתת בוודאי לא הייתה עוזרת לה.

La criada seguramente tampoco la habría ayudado.

המשרתת החדשה הייתה למעשה צעירה ממנה בשנה.

La nueva criada era de hecho un año más joven que ella.

היא לקחה על עצמה באומץ את תפקידי המשרתת לשעבר.

Ella había asumido valientemente el papel de ex sirvienta.

אבל הייתה זכות אחת שהיא התעקשה לקבל.

Pero había un privilegio que ella insistía en tener.

היא רצתה שהמטבח יהיה נעול כל הזמן.

Ella quería mantener la cocina cerrada en todo momento.

אז לאחות לא הייתה ברירה אלא לשאול את אמה.

Así que la hermana no tuvo más remedio que preguntarle a su madre.

בצעקות של שמחה נרגשת הגיעה האם לעזור.

Con gritos de emocionada alegría la madre acudió a ayudar.

אבל היא השתתקה בפתח חדרו של גרגור.

Pero ella se quedó en silencio en la puerta de la habitación de Gregor.

האחות בדקה אם הכל בחדר תקין.

La hermana comprobó que todo en la habitación estuviera bien.

גרגור מהדק בחיפזון את הסדין עוד יותר.

Gregor había tirado apresuradamente la sábana aún más fuerte.

למרות שהסדין עדיין נראה מסודר באופן אקראי.

Aunque la sábana todavía parecía colocada al azar.

ורק אז היא נתנה לאמה להיכנס לחדר.

Y sólo entonces dejó que su madre entrara en la habitación.

גרגור גם נמנע מרגל מתחת לסדין.

Gregor también se abstuvo de espiar desde debajo de la sábana.

הוא החליט לוותר הפעם על פגישה עם אמו.

Decidió no volver a ver a su madre esta vez.

גרגור היה שמח מספיק שהיא בכלל נכנסה.

Gregor estaba muy contento de que ella hubiera entrado.

"בואי פנימה, את לא יכולה לראות אותו," אמרה האחות.

"Pasa, no puedes verlo", dijo la hermana.

גרגור הניח שהיא הובילה את אמה ביד.

Gregor supuso que ella llevaba a su madre de la mano.

אז הוא שמע את שתי הנשים החלשות מזיזות את הרהיטים.

Entonces escuchó a las dos mujeres débiles moviendo los muebles.

נראה היה שהאחות תבעה את רוב העבודה לעצמה.

La hermana parecía reclamar la mayor parte del trabajo para ella misma.

אמה חששה שהיא תתאמץ יותר מדי.

Su madre temía que se esforzara demasiado.

אך האחות לא הקדישה תשומת לב לאזהרות אלה.

Pero la hermana no hizo caso a estas advertencias.

אבל אפילו אחרי חמש עשרה דקות ההתקדמות הייתה איטית מאוד.

Pero incluso después de quince minutos el progreso era muy lento.

הם לא הצליחו להזיז את הרהיטים רחוק מדי.

No habían conseguido mover los muebles muy lejos.

הם החלו לאט לאט להרגיש תחושת תבוסה.

Poco a poco empezaron a sentir una sensación de derrota.

האם הייתה הראשונה שהודתה בחוסר התוחלת.

La madre fue la primera en admitir la inutilidad.

"אולי עדיף להשאיר את הקופסה כאן".

"Quizás sería mejor dejar la caja aquí."

"הקופסה כבדה מדי בשבילנו להזיז אותה הרבה יותר רחוק".

"La caja es demasiado pesada para que podamos moverla mucho más lejos".

"ואנחנו לא נסיים לפני שאביך יגיע".

"Y no terminaremos antes de que llegue tu padre."

"להשאיר את הקופסה כאן תחסום את דרכו עוד יותר".

Dejar la caja aquí le bloquearía aún más el camino.

"ואנחנו יכולים להיות בטוחים שאנחנו עושים לו טובה"?

"¿Y podemos estar seguros de que le estamos haciendo un favor?"

הם התחילו לחשוב שייתכן שההפך הוא הנכון.

Comenzaron a pensar que bien podría ser cierto lo opuesto.

מראה הקיר הריק הכביד על ליבה.

La visión de la pared vacía pesó mucho en su corazón.

מה אומר שגם גרגור לא היה מרגיש ככה?

¿Quién diría que Gregor no se sentiría así también?

"הוא כבר רגיל לרהיטים בחדר שלו".

"Ya está acostumbrado a los muebles de su habitación."

"הוא עלול להרגיש נטוש עוד יותר בחדר ריק".

"Podría sentirse aún más abandonado en una habitación vacía".

בשלב זה קולה כמעט ירד ללחישה.

Para entonces su voz se había reducido casi a un susurro.

היא לא ידעה במדויק את מקום הימצאו של גרגור.

En realidad no sabía el paradero exacto de Gregor.

היא לא רצתה שהוא אפילו ישמע את צליל קולה.

Ella no quería ni siquiera que él escuchara el sonido de su voz.

למרות שהייתה בטוחה שהוא לא הבין אותה.

Aunque ella estaba segura de que él no la entendía.

"האם זה לא ייראה כאילו ויתרנו עליו לגמרי"?

"¿No parecería como si lo hubiéramos abandonado por completo?"

"הוא לא ירגיש כאילו אנחנו משאירים אותו להתמודד לבד"?

"¿No sentirá que lo estamos dejando solo?"

"אנחנו צריכים להשאיר את החדר בדיוק כפי שהוא היה".

"Deberíamos dejar la habitación exactamente como estaba".

"בסופו של דבר גרגור יחזור אלינו כמו שהיה".

"Al final Gregor volverá con nosotros como antes."

"אז הוא יגלה שהכל עדיין במקומו".

"Entonces encontrará que todo sigue en su lugar."

"והוא ישכח את תקופת הביניים הרבה יותר בקלות".

"Y olvidará mucho más fácilmente el período interino".

כששמע גרגור את המילים האלה הוא הבין משהו.

Cuando Gregor escuchó estas palabras se dio cuenta de algo.

מוחו התבלבל במהלך שני החודשים האחרונים.

Su mente se había vuelto confusa durante los últimos dos meses.

היעדר האינטראקציה האנושית לא היה טוב עבורו.

La falta de interacción humana no había sido buena para él.

הוא באמת היה זקוק לחיים המונוטוניים בתוך משפחתו.

Realmente necesitaba la vida monótona en medio de su familia.

אחרת למה הוא היה מגיש דרישה כל כך חסרת היגיון?

¿Por qué si no habría hecho una exigencia tan absurda?

איזו משמעות אפשרית הייתה בפינוי חדרו?

¿Qué sentido tenía vaciar su habitación?

החדר הנוח מרוהט ברהיטים בירושה.

La cómoda habitación amueblada con muebles heredados.

למה שהוא ירצה להפוך את החמימות הידועה הזו למערה?

¿Por qué querría convertir ese calor conocido en una cueva?

מערה שבה יוכל לזחול לכל עבר בשקט.

Una cueva donde poder arrastrarse en todas direcciones en paz.

אבל מערה שבה הוא שכח במהירות את עברו האנושי.

Pero una cueva en la que olvidó rápidamente su pasado humano.

הוא תהה אם הוא כבר קרוב לשכחה.

Tuvo que preguntarse si ya estaba cerca de olvidar.

קולה של אמו זיעזע אותו עד כדי כך שהוא נזכר.

La voz de su madre lo había sacudido y lo había hecho recordar.

הקול שלא שמע זמן כה רב.

La voz que no había oído durante tanto tiempo.

אסור היה להסיר דבר; הכל היה חייב להישאר.

No había que quitar nada, todo tenía que quedar.

הרהיטים אכן השפיעו לטובה על מצבו.

Los muebles influyeron positivamente en su condición.

והוא לא היה יכול להתמודד בלי העוגן הזה לעבר.

Y no podría vivir sin este ancla en el pasado.

הרהיטים מנעו את זחילתו חסרת ההכרה.

Los muebles impedían que se arrastrara sin sentido.

אבל זה לא היה הפסד; להיפך, זה היה יתרון גדול.

Pero eso no fue una pérdida, sino más bien una gran ventaja.

לרוע המזל, לאחות הייתה דעה שונה לגמרי.

Lamentablemente la hermana tenía una opinión muy diferente.

היא הפכה במידה מסוימת לדוברת של גרגור.

Ella se había convertido en una especie de portavoz de Gregor.

כמובן שדעתה לא הייתה מוצדקת לחלוטין.

Por supuesto que su opinión no era del todo injustificada.

אבל כאן היה צורך לסתור את דעתה של אמה.

Pero aquí la opinión de su madre tuvo que ser contradicha.

לא רק הקופסה הייתה צריכה להיות מוסרת כעת.

Ahora no era solo la caja la que había que retirar.

גם שולחנו וארון הבגדים שלו לא יכלו להישאר.

Ni su escritorio ni el armario podían permanecer allí.

הדבר היחיד שהיה הכרחי היה הספה.

Lo único imprescindible era el sofá.

היא לא החליטה זאת סתם מתוך התרסה ילדותית.

Ella no decidió esto sólo por desafío infantil.

זה גם לא היה הביטחון העצמי שרכשה לאחרונה.

Tampoco fue su recientemente adquirida confianza en sí misma.

הביטחון החדש שהיא הייתה צריכה לעבוד כל כך קשה כדי לנצח.

La nueva confianza que tuvo que trabajar muy duro para
ganar.

למרות שאף אחד לא ציפה שהיא תצליח לעשות את זה.

Aunque nadie esperaba que ella pudiera hacerlo.

גרגור באמת היה צריך הרבה מקום כדי לזחול.

Gregor realmente necesitaba mucho espacio para gatear.

הרהיטים רק הגבילו את המקום שהיה פנוי לו.

Los muebles sólo limitaban el espacio del que disponía.

היא יכלה לראות את הדברים האלה טוב יותר מהאם.

Ella podía ver estas cosas mejor que la madre.

אבל אולי גם רוחה הרומנטית שיחקה תפקיד.

Pero quizá su espíritu romántico también jugó un papel.

בנות בגיל הזה לעתים קרובות רואות התלהבות מסוימת.

Las niñas de esa edad suelen desarrollar cierto entusiasmo.

והם מרגישים צורך להשיג את מבוקשם בכל הזדמנות.

Y sienten la necesidad de salirse con la suya siempre que
pueden.

אולי זו הסיבה שהיא רצתה לחבל בו בסתר.

Quizás por eso quería sabotearlo en secreto.

הוא אפילו יותר מפחיד כשהוא זוחל על הקירות.

Es aún más aterrador cuando se arrastra por las paredes.

ההורים לא העזו להיכנס יותר לחדר.

Los padres ya no se atrevían a entrar en la habitación.

היא באמת תהיה המטפלת היחידה של אחיה.

Ella realmente sería la única cuidadora de su hermano.

היא לא נתנה לאמה לשכנע אותה אחרת.

Ella no dejó que su madre la persuadiera de lo contrario.

אמו של גרגור כבר הרגישה לא בנוח בחדר.

La madre de Gregor ya se sentía incómoda en la habitación.

עד מהרה היא הפסיקה לדבר ועזרה שוב לבתה.

Pronto dejó de hablar y ayudó nuevamente a su hija.

בכוחותיהם הנותרים הם הוציאו את הארון.

Con las fuerzas que les quedaban retiraron el armario.

שידת המגירות הייתה משהו שהוא יכול להסתדר בלעדיו.

La cómoda era algo de lo que podía prescindir.

אבל השולחן היה צריך להישאר לעת עתה.

Pero el escritorio tendría que quedarse allí por el momento.

בזמן שהנשים נעלמו, הוא ניסה להעריך את החדר.

Mientras las mujeres estaban ausentes, trató de evaluar la habitación.

וגרגור הוציא את ראשו מתחת לספה.

Y Gregor asomó la cabeza por debajo del sofá.

הוא היה צריך לראות מה הוא יכול לעשות בקשר למצב.

Tenía que ver qué podía hacer con la situación.

אבל הוא היה זהיר ומתחשב ככל האפשר.

Pero fue lo más cuidadoso y considerado posible.

לרוע המזל, דווקא האם חזרה ראשונה.

Desgraciadamente fue la madre quien regresó primero.

גרטה עדיין הזיזה את הארון בחדר הסמוך.

Grete todavía estaba moviendo el armario en la habitación de al lado.

אבל האם לא הייתה רגילה למראהו של גרגור.

Pero la madre no estaba acostumbrada a ver a Gregor.

אפילו מבט חטוף בו היה יכול לגרום לה לחלות.

Incluso un simple vistazo a él podría haberla enfermado.

גרגור מיהר לאחור אל קצה הספה.

Gregor se apresuró a retroceder hasta el otro extremo del sofá.

אבל הוא לא הצליח לזוז אחורה ולאזן את הסדין.

Pero no podía retroceder y equilibrar la sábana.

התנועה הספיקה כדי למשוך את תשומת ליבה של האם.

El movimiento fue suficiente para llamar la atención de la madre.

היא עצרה לרגע, ועמדה דוממת לחלוטין.

Ella hizo una pausa y se quedó muy quieta por un breve momento.

אחר כך היא הסתובבה, ויצאה חזרה מהחדר.

Luego se dio la vuelta y salió de la habitación.

גרגור המשיך לומר לעצמו שששום דבר חריג לא קרה.

Gregor seguía diciéndose a sí mismo que no había ocurrido nada inusual.

"אלה רק כמה רהיטים שנלקחו".

"Son sólo algunos muebles que se han llevado".

אבל עד מהרה הוא נאלץ להודות שהאירועים השפיעו עליו.

Pero pronto tuvo que admitir que los acontecimientos le afectaron.

הנשים אמרו כל מה שהן עושות.

Las mujeres habían estado diciendo todo lo que estaban haciendo.

הם הלכו הלוך ושוב בחדר.

Habían estado caminando de un lado a otro por la habitación.

שריטות של כל הרהיטים על הרצפה.

El rayado de todos los muebles en el suelo.

הוא הרגיש כאילו הוא מותקף מכל עבר.

Se sentía como si lo atacaran desde todos lados.

הוא משך את ראשו ורגליו חזק ככל שיכול.

Apretó la cabeza y las piernas lo más fuerte que pudo.

בכל כוחו לחץ את גופו אל הקרקע.

Con todas sus fuerzas presionó su cuerpo contra el suelo.

הוא ידע שהוא לא יוכל לסבול את כל זה עוד הרבה זמן.

Sabía que no podría soportar todo esto por mucho más tiempo.

הם פינו את החדר שלו ולקחו את כל מה שהוא אהב.

Vaciaron su habitación y se llevaron todo lo que amaba.

הם כבר לקחו את הקופסה שהכילה את כל הכלים שלו.

Ya se habían llevado la caja que contenía todas sus herramientas.

עכשיו הם שחררו את שולחנו הכבד מהקרקע.

Ahora estaban aflojando su pesado escritorio del suelo.

השולחן עליו עבד לאחר שחזר מהעבודה.

El escritorio en el que había trabajado después de regresar del trabajo.

השולחן עליו כתב את מטלות העסק שלו.

El escritorio en el que había escrito sus tareas comerciales.

השולחן עליו עשה את שיעורי הבית שלו בתיכון.

El escritorio en el que había hecho sus deberes en la escuela secundaria.

כן, כבר היה לו את השולחן הזה בבית הספר היסודי.

Sí, ya había tenido este pupitre en la escuela primaria.

לא באמת היה לו זמן לאשר את כוונותיהם הטובות.

Realmente no tuvo tiempo de confirmar sus buenas intenciones.

למרות שכמעט שכח שהם שם בכל מקרה.

Aunque ya casi había olvidado que estaban allí.

כי הם עבדו בשקט, בגלל תשישות.

Porque trabajaban en silencio, por el cansancio.

הם היו עייפים מדי מכדי להודיע על תנועותיהם כעת.

Estaban demasiado cansados para anunciar sus movimientos ahora.

כל מה ששמע היו צעדיהם הכבדים על הרצפה.

Lo único que oyó fueron sus pesados pasos en el suelo.

בדיוק באותו רגע הם נשענו על הקופסה.

Justo en ese momento estaban apoyados sobre la caja.

ואז גרגור יצא מתחת לספה.

Y entonces Gregor salió de debajo del sofá.

הוא שינה את כיוון ריצתו ארבע פעמים.

Cambió la dirección en la que corría cuatro veces.

הוא לא הצליח להחליט איזה פריט צריך להציל קודם.

No podía decidir qué elemento debía salvarse primero.

לפתע תשומת ליבו נמשכה אל הקיר הריק.

De repente su atención se dirigió a la pared vacía.

כל מה שהשאירו לו היה את תמונת הגברת בפרווה.

Lo único que le quedó fue la fotografía de la dama con pieles.

הוא זחל אל התמונה כדי ללחוץ את גופו אליה.

Se arrastró hasta la imagen para presionar su cuerpo contra el de ella.

וגופו כיסה לחלוטין את נוף התמונה.

Y su cuerpo cubrió completamente la vista de la imagen.

הכוס החזיקה אותו, וניחמה את בטנו החמה.

El vaso lo sostuvo y reconfortó su vientre caliente.

את התמונה הזו אי אפשר היה לקחת ממנו יותר.

Esta fotografía ya no se la pudieron quitar.

אחר כך הוא הפנה את ראשו לעבר דלת הסלון.

Luego giró la cabeza hacia la puerta de la sala de estar.

הוא התכוון לצפות בנשים שחזרו לחדר.

Iba a observar mientras las mujeres regresaban a la habitación.

והם לא נחו הרבה לפני שחזרו שוב.

Y no descansaron mucho antes de regresar nuevamente.

זרועה של גרטה הייתה סביב אמה כדי לעזור לה ללכת.

El brazo de Grete rodeaba a su madre para ayudarla a caminar.

"מה ניקח עכשיו?" אמרה גרטה והביטה סביב.

"¿Qué nos llevamos ahora?" dijo Grete y miró a su alrededor.

בדיוק באותו רגע מבטה פגש את עיניו של גרגור.

Justo en ese momento su mirada se encontró con los ojos de Gregor.

למרות ההלם, היא שמרה על קור רוח.

A pesar del shock, mantuvo la presencia de ánimo.

כנראה רק בגלל נוכחותה של אמה.

Probablemente sólo por la presencia de su madre.

היא כופפה את פניה לעבר אמה, מכסה את שדה הראייה שלה.

Ella inclinó su rostro hacia su madre, cubriéndole la vista.

ואז היא אמרה, למרות שרועדת וחסרת מחשבה:

Y entonces dijo, aunque temblorosa y desconsiderada:

"נו באמת, לא כדאי שנחזור לסלון"?

-Vamos, ¿no deberíamos volver a la sala de estar?

גרגור יכל בקלות להבין את כוונותיה של האחות.

Gregor podía comprender fácilmente las intenciones de la hermana.

העדיפות הראשונה שלה הייתה להביא את אמה למקום מבטחים.

Su primera prioridad fue poner a su madre a salvo.

אבל אז היא התכוונה לרדוף אחריו מהקיר.

Pero luego ella iba a perseguirlo desde la pared.

"ובכן, היא בהחלט יכולה לנסות!" חשב גרגור בלבו.

«¡Pues claro que puede intentarlo!», pensó Gregor para sus adentros.

הוא ישב איתן על התמונה שלו ולא ויתר עליה.

Se sentó firmemente sobre su imagen y no renunció a ella.

הוא היה מעדיף לקפוץ בפנים של האחות.

Preferiría haberle saltado en la cara a la hermana.

אבל דבריה של גרטה הדאיגו את אמה עוד יותר.

Pero las palabras de Grete preocuparon aún más a su madre.

היא זזה הצידה כדי לראות מה מסתירים ממנה.

Ella se hizo a un lado para ver lo que le ocultaban.

והיא ראתה את הכתם החום על הטפט הפרחוני.

Y vio la mancha marrón en el papel pintado floreado.

והיא צרחה עוד לפני שהבינה שזה גרגור.

Y ella gritó antes de darse cuenta de que era Gregor.

"אלוהים אדירים," היא צרחה כשידיה מושטות קדימה.

"Oh Dios", gritó con los brazos extendidos.

והיא נפלה על הספה כאילו ויתרה.

Y ella se dejó caer en el sofá como si se hubiera rendido.

"גרגור!" קראה לעברו האחות באגרופה מורמת.

—¡Gregor! —gritó la hermana levantando el puño.

והיא נתנה לו מבט ארוך, קשה וחודר.

Y ella le dirigió una mirada larga, dura y penetrante.

זו הייתה הפעם הראשונה שהיא דיברה איתו ישירות.

Esta era la primera vez que hablaba con él directamente.

היא רצה לחדר הסמוך כדי להשיג קצת מלחי ריח.

Corrió a la habitación de al lado para conseguir algunas sales aromáticas.

היא הייתה צריכה להחזיר את אמה להכרה.

Tenía que devolverle la conciencia a su madre.

גרגור רצה לעזור, הוא יוכל לשמור את התמונה מאוחר יותר.

Gregor quería ayudar, podría salvar la imagen más tarde.

אבל הוא נתקע חזק על הזכוכית.

Pero él se había quedado firmemente pegado al cristal.

אז הוא נאלץ להיחלץ תוך שימוש בכוח רב.

Entonces tuvo que apartarse usando mucha fuerza.

גם הוא רץ לחדר הסמוך, שם הייתה האחות.

Él también corrió a la habitación de al lado, donde estaba la hermana.

בימים עברו הוא היה יכול לתת לה עצה.

En el pasado podría haberle dado algún consejo.

אבל עכשיו הוא לא יכול היה לעשות דבר מלבד לעמוד בחיבוק ידיים ולצפות.

Pero ahora no podía hacer nada más que quedarse de brazos cruzados y observar.

היא חיטטה במגירה, פותחת בקבוקים שונים.

Revolvió el cajón y abrió varias botellas.

והוא עדיין הפחיד אותה כשהיא הסתובבה.

Y todavía la asustó cuando ella se dio la vuelta.

בקבוק נפל על הרצפה, נשבר והתנפץ לרסיסים.

Una botella cayó al suelo, se rompió y se astilló.

רסיס זכוכית פגע בפניו של גרגור ופצע אותו.

Una astilla de vidrio golpeó la cara de Gregor y lo hirió.

הבקבוק הכיל סוג של נוזל קאוסטי.

La botella contenía algún tipo de líquido cáustico.

ועכשיו הנוזל המאכיל שרף את פניו של גרגור.

Y ahora el líquido corrosivo quemaba la cara de Gregor.

לאחות, לעומת זאת, לא היה זמן לגרגור כרגע.

Sin embargo, la hermana no tenía tiempo para Gregor en ese momento.

היא אספה כמה שיותר בקבוקים שיכלה.

Ella recogió tantas botellas como pudo.

והיא רצה חזרה לאמה עם התרופה.

Y ella corrió de nuevo hacia su madre con la medicina.

היא טרקה את הדלת ברגלה, וסגרה את גרגור בחוץ.

Ella cerró la puerta con el pie, dejando afuera a Gregor.

כעת הוא נותק מאמו, שעלולה הייתה להיות גוססת.

Ahora estaba separado de su madre, que estaba potencialmente moribunda.

אם הוא יפתח את הדלת הוא יגרש את האחות משם.

Si abriera la puerta, echaría a la hermana.

אבל כמובן שהיא הייתה צריכה להישאר כדי לטפל באם.

Pero por supuesto tuvo que quedarse para cuidar a la madre.

לא היה לו מה לעשות עכשיו מלבד לחכות להם.

Ya no podía hacer nada más que esperarlos.

מוצף בנזיפה עצמית וחרדה, הוא החל לזחול.

Acosado por el autorreproche y la ansiedad, comenzó a gatear.

הוא זחל לכל מקום; על קירות, רהיטים, על התקרה.

Se arrastró por todas partes: las paredes, los muebles, el techo.

הוא הרגיש כאילו כל החדר מסתובב סביבו.

Sintió como si toda la habitación girara a su alrededor.

לבסוף, בייאוש וסחרחורת, הוא נפל חזרה למטה.

Finalmente, desesperado y mareado, volvió a caer.

והוא נפל ממש על שולחן האוכל הגדול.

Y cayó justo encima de la gran mesa del comedor.

הוא בילה שם זמן מה, קהה וחסר יכולת לזוז.

Pasó algún tiempo tendido allí, entumecido e incapaz de moverse.

הוא היה מותש מכל מה שהיום הזה הביא עליו.

Estaba exhausto por todo lo que el día le había traído.

היה שקט מסביב, אבל אולי זה היה סימן טוב.

Todo estaba tranquilo, pero tal vez eso era una buena señal.

ואז, כשהוא שובר את הדממה, צלצל פעמון הדלת בחוץ.

Entonces, rompiendo el silencio, sonó el timbre de la puerta de afuera.

העוזרת, כמובן, נעלה את עצמה במטבח שלה.

La criada, por supuesto, se había encerrado en su cocina.

אז האחות הייתה היחידה שיכלה לפתוח את הדלת.

Así que la hermana era la única que podía abrir la puerta.

"מה קרה?" היה הדבר הראשון ששאל האב.

"¿Qué pasó?" fue lo primero que preguntó el padre.

הופעתה של גרטה כנראה סיפרה לו הכל.

La aparición de Grete probablemente le había dicho todo.

קולה של גרטה נעשה עמום ועמום כשדיברה.

La voz de Grete se volvió apagada y apagada mientras hablaba.

היא בטח הצמידה את פניה לחזהו של אביה.

Ella debió haber presionado su cara contra el pecho de su padre.

"אמא הייתה מחוסרת הכרה, אבל עכשיו היא מרגישה טוב יותר".

"La madre estaba inconsciente, pero ahora se siente mejor".

"גרגור ברח," הוסיפה, דבר שהוא ציפה לו.

—Gregor ha escapado —añadió, tal como él esperaba.

"תמיד אמרתי לך שהוא הולך לברוח יום אחד".

"Siempre te dije que algún día se escaparía."

"אבל אתן, נשים, לא רציתן להקשיב לי, נכון"?

—Pero vosotras, las mujeres, no quisisteis escucharme, ¿verdad?

גרגור הבין במהירות כיצד אביו יראה את הדברים.

Gregor se dio cuenta rápidamente de cómo vería las cosas su padre.

הוא פירש לא נכון את ההודעה הקצרה מדי של גרטה.

Había malinterpretado el mensaje demasiado breve de Grete.

הוא הניח שגרגור ביצע מעשה אלימות כלשהו.

Supuso que Gregor había cometido algún acto de violencia.

גרגור היה צריך למצוא דרך לפייס את אביו איכשהו.

Gregor tenía que encontrar una manera de apaciguar a su padre de alguna manera.

כי לא היה לו זמן להסביר לו את הדברים.

Porque no tuvo tiempo de explicarle las cosas.

אבל הוא לא היה מסוגל להסביר דברים בכל מקרה.

Pero de todos modos no habría podido explicar las cosas.

אז הוא ברח אל הדלת ונצמד אליה.

Entonces huyó hacia la puerta y se pegó a ella.

כך אביו יכול היה לראות אותו מחדר ההמתנה.

De esa manera su padre podría verlo desde la antesala.

והוא יוכל לראות שהיו לו את הכוונות הטובות ביותר.

Y podría ver que tenía las mejores intenciones.

לא היה צורך לדחוף אותו אחורה עם מטאטא.

No había necesidad de empujarlo con una escoba.

כל מה שהאב היה צריך לעשות זה לפתוח את הדלת.

Lo único que el padre habría tenido que hacer era abrir la puerta.

אבל הוא לא היה במצב רוח לשים לב לדקויות כאלה.

Pero él no estaba de humor para notar tales sutilezas.

"הנה אתה!" הוא קרא, ברגע שנכנס.

"¡Ahí estás!" exclamó nada más entrar.

זה היה כאילו הוא כועס ושמח בו זמנית.

Era como si estuviera enojado y feliz al mismo tiempo.

הוא משך את ראשו לאחור, והביט באביו.

Echó la cabeza hacia atrás y miró al padre.

הוא לא דמיין את אביו עומד שם ככה.

No se había imaginado que su padre estuviera allí así.

אבל לאחרונה הוא מצא הסחת דעת חדשה.

Pero en los últimos tiempos había encontrado una nueva distracción.

זחילה תפסה כעת חלק גדול מיומו.

Gatear ahora ocupaba gran parte de su día.

לפני כן, הוא היה עוקב אחר כל חדשות בדירה.

Antes, él estaba al tanto de todas las novedades que ocurrían en el apartamento.

אבל הוא לא שם לב כל כך לאחרונה.

Pero últimamente no había estado prestando tanta atención.

הוא היה צריך להיות מוכן להתמודד עם שינויים.

Debería haber estado preparado para afrontar los cambios.

אף על פי כן, האם האיש הזה לפניו עדיין היה האב?

Sin embargo, ¿era este hombre que tenía delante todavía el padre?

האם הוא היה אותו אדם שנהג לשכב עייף במיטתו?

¿Era él el mismo hombre que solía yacer cansado en su cama?

כשגרגור כבר יצא לנסיעת עסקים.

Cuando Gregor ya se había ido de viaje de negocios.

האם הוא היה אותו אדם שקיבל את פניו בערבים?

¿Era él el mismo hombre que lo saludaba por las noches?

כשהיה לבוש בחלוק שלו בכורסה שלו.

Cuando estaba en bata en su sillón.

האם הוא היה אותו אדם שלא יכול היה לקום ולקבל את פניו?

¿Era el mismo hombre que no pudo levantarse a darle la bienvenida?

אז, כשהוא נשאר יושב, הוא הרים את זרועו כאות שמחה.

Entonces, permaneciendo sentado, levantó el brazo en señal de alegría.

האם הוא היה אותו אדם שאיתו יצא מדי פעם לטיולים?

¿Era el mismo hombre con el que salía a caminar de vez en cuando?

במקרים נדירים: כמה ימי ראשון בשנה, או חגים.

En raras ocasiones: algunos domingos al año o días festivos.

האם הוא אותו אדם שהלך, עטוף במעילו?

¿Era el mismo hombre que caminaba envuelto en su abrigo?

האם הוא ירד באיטיות, בינו לבינו?

¿Avanzó lentamente, entre la madre y él?

והם כבר הלכו לאט בגללו.

Y ellos ya caminaban lentamente por causa de él.

אבל עכשיו האיש הזה עמד חזק וזקוף.

Pero ahora este hombre estaba de pie, fuerte y erguido.

הוא היה לבוש במדים כחולים עם כפתורי זהב.

Estaba vestido con un uniforme azul con botones dorados.

כפתורים שעונדים עובדי המוסדות הבנקאיים.

Botones que llevan los empleados de las instituciones
bancarias.

מעל לצווארון הנוקשה בלט סנטרו הכפול והחזק.

Por encima del rígido cuello emergía su fuerte papada.

מתחת לגבותיו העבותות ניגשו עיניו השחורות.

Bajo sus pobladas cejas se asomaban sus ojos negros.

עכשיו עיניו נראו חודרות, רעננות וערניות.

Ahora sus ojos parecían penetrantes, frescos y alertas.

השיער הלבן, שהיה פרוע קודם לכן, סורק כלפי מטה.

El cabello blanco, anteriormente despeinado, fue peinado
hacia abajo.

ולשערו הייתה עכשיו שביל מרכזי קפדני.

Y su cabello ahora tenía una meticulosa raya central.

הוא השליך את כובעו, שהיה מחובר במונוגרמה מוזהבת.

Arrojó su sombrero, que estaba adornado con un monograma
dorado.

זה כנראה היה המונוגרמה של הבנק בו עבד.

Probablemente era el monograma del banco en el que
trabajaba.

והכובע נחת על הספה, כדי שיונח מאוחר יותר.

Y el sombrero aterrizó en el sofá, para guardarlo más tarde.

הוא דחף לאחור את תחתית ז'קט המדים הארוך.

Empujó hacia atrás la parte inferior de la larga chaqueta del
uniforme.

והוא הכניס את אגודליו לכיסי מכנסיו.

Y metió los pulgares en los bolsillos de sus pantalones.

ואז, עם פנים קודרות, הוא צעד לעבר גרגור.

Y luego, con cara sombría, caminó hacia Gregor.

הוא כנראה אפילו לא ידע מה הוא מתכנן לעשות.

Probablemente ni siquiera sabía lo que planeaba hacer.

אך למרות זאת הוא הרים את רגליו גבוה באופן יוצא דופן.

Pero aún así levantó los pies inusualmente alto.

גרגור נדהם מגודלם העצום של מגפיו.

Gregor estaba asombrado por el enorme tamaño de sus botas.

אבל באמת לא היה זמן להתפעל מנעליו.

Pero realmente no había tiempo para maravillarse con sus zapatos.

האב החליט על משמעת מחמירה מאוד.

El padre había decidido aplicar una disciplina muy estricta.

רק החומרה הגדולה ביותר התאימה לגרגור.

Para Gregor sólo era apropiada la mayor severidad.

הוא ידע זאת מהיום הראשון של השינוי שלו.

Él lo sabía desde el primer día de su transformación.

הוא רץ אל אביו, ועצר כשהוא עצר.

Corrió hacia su padre y se detuvo cuando él se detuvo.

הוא רץ לעברו שוב כשהוא זז שוב.

Corrió hacia él nuevamente cuando se movió de nuevo.

האב עצר לרגע, וכך גם גרגור.

El padre se detuvo un momento y Gregor también.

והוא מיהר שוב קדימה ברגע שאביו זז.

Y corrió hacia adelante nuevamente tan pronto como su padre se movió.

כך הם הקיפו את החדר מספר פעמים.

De esta manera dieron varias vueltas alrededor de la habitación.

אף אחד עדיין לא השיג יתרון מכריע.

Nadie había conseguido aún ninguna ventaja decisiva.

אי אפשר היה לקבל את הרושם של מרדף.

No se podría haber tenido la impresión de una persecución.

כי כל האירוע התרחש לאט מדי.

Porque todo el acontecimiento se estaba produciendo demasiado lentamente.

גרגור החליט שהוא יישאר על הקרקע.

Gregor había decidido quedarse en tierra.

הוא היה יכול לרוץ במעלה הקירות ולאורך התקרה.

Podría haber corrido por las paredes y a lo largo del techo.

אבל הוא לא רצה להתגרות באב שלא לצורך.

Pero no quería provocar al padre innecesariamente.

בריחה כזו הייתה עשויה להיראות מרושעת במיוחד.

Una huida así podría haber parecido especialmente perversa.

גרגור הודה שהמרדף הזה לא יכול להימשך עוד הרבה זמן.

Gregor admitió que esta persecución no podía durar mucho más.

כל צעד היה צריך להיעשות באינספור תנועות.

Cada paso debía ir acompañado de una miríada de movimientos.

הוא כבר התחיל להרגיש קוצר נשימה.

Ya empezaba a sentir falta de aire.

אפילו לפני כן, מעולם לא היו לו ריאות אמינות לחלוטין.

Incluso antes nunca había tenido unos pulmones completamente confiables.

הוא התנודד, שמר את כוחותיו לריצה.

Avanzó tambaleándose, guardando sus fuerzas para la carrera.

הוא היה כל כך עייף עד שכמעט ולא הצליח לפקוח את עיניו.

Estaba tan cansado que apenas podía mantener los ojos abiertos.

מחשבותיו הפכו איטיות מכדי לחשוב על מילוטים אחרים.

Sus pensamientos se volvieron demasiado lentos para pensar en otras escapatorias.

הוא כמעט שכח שהקירות זמינים עבורו.

Casi había olvidado que los muros estaban a su disposición.

אבל הקירות היו מוסתרים מאחורי רהיטים בכל מקרה.

Pero de todos modos las paredes estaban ocultas detrás de los muebles.

ולרהיטים היו יותר מדי חריצים ובליטות.

Y los muebles tenían demasiadas muescas y protuberancias.

ואז, ממש לידו, מתגלגל, היה שם תפוח.

Y luego, justo a su lado, rodando, había una manzana.

התפוח בטח נזרק עליו, הוא הבין.

La manzana debió haberle sido arrojada, se dio cuenta.

אבל לא היה לו זמן לחשוב לפני שהגיע תפוח נוסף.

Pero no tuvo tiempo de pensar antes de que llegara otra
manzana.

גרגור קפא בהלם לנוכח האסטרטגיה החדשה של האב.

Gregor se quedó paralizado por la nueva estrategia del padre.

הוא כבר לא הצליח להרוויח דבר מניסיון לרוץ.

Ya no podía ganar nada intentando huir.

האב החליט להפציץ אותו בפירות.

El padre había decidido bombardearlo con fruta.

הוא מילא את כיסיו מקערת הפירות של המטבח.

Se había llenado los bolsillos con lo que había en el frutero de
la cocina.

בלי לכוון במיוחד, הוא זרק תפוח אחר תפוח.

Sin apuntar especialmente, lanzó manzana tras manzana.

התפוחים האדומים הקטנים האלה התגלגלו על האדמה.

Estas pequeñas manzanas rojas rodaban por el suelo.

כאילו מחושמלו, התפוחים התנגשו זה בזה.

Como si estuvieran electrificadas, las manzanas chocaron
entre sí.

אחד התפוחים שנזרקו חלושות שפשף את גבו של גרגור.

Una de las manzanas lanzadas débilmente rozó la espalda de
Gregor.

למרבה המזל, התפוח הזה החליק ללא פגע.

Afortunadamente para él, la manzana se deslizó sin sufrir
daño.

עם זאת, התפוח שנזרק לאחר מכן היה מדויק יותר.

Sin embargo, la manzana lanzada después fue más precisa.

והתפוח הזה נתקע עמוק בגבו של גרגור.

Y esta manzana se alojó profundamente en la espalda de
Gregor.

גרגור רצה לגרור את עצמו הרחק מהכאב.

Gregor quería alejarse del dolor.

אולי אפשר היה להימלט מהכאב החדש והבלתי ייאמן הזה.

Quizás se pueda escapar de este nuevo e increíble dolor.

אולי שינוי מיקום יקל על ייסוריו.

Quizás un cambio de ubicación aliviaría su agonía.

אבל הוא הרגיש כאילו הצמידו אותו לרצפה.

Pero se sentía como si lo hubieran clavado al suelo.

הוא התמתח, אבל רק בגלל בלבולו.

Se estiró, pero sólo debido a su confusión.

רק במבטו האחרון ראה את הדלת נפתחת.

Sólo con su última mirada vio que la puerta se abría.

האם מיהרה החוצה מול האחות הצורחת.

La madre corrió hacia su hermana, que gritaba.

האחות הפשיטה אותה, אז היא הייתה בחולצה שלה.

La hermana la había desnudado, por lo que estaba en camisa.

היא הייתה זקוקה למרחב נשימה בחוסר הכרתה.

Había necesitado respirar en su inconsciencia.

הוא עדיין ראה איך האם רצה לעבר האב.

Todavía veía cómo la madre corría hacia el padre.

חצאיותיה החליקו ארצה, אחת אחרי השנייה.

Sus faldas se deslizaron hasta el suelo, una tras otra.

הוא ראה אותה מתקרבת אל האב, ומעודת על חצאיתה.

La vio acercarse al padre y tropezar con su falda.

היא חיבקה אותו וביקשה שחייו של גרגור ייחוס.

Abrazándolo, pidió que le perdonaran la vida a Gregor.

באיחוד מוחלט עם גופו, ראייתו נכשלה.

En completa unión con su cuerpo, su vista falló.

חלק שלישי

Tercera parte

גרגור סבל מהפציעה הקשה במשך יותר מחודש.

Gregor sufrió la grave lesión durante más de un mes.

התפוח נשאר משובץ; איש לא העז להסירו.

La manzana quedó incrustada; nadie se atrevió a sacarla.

התפוח נשאר בבשרו כתזכורת גלויה.

La manzana permaneció en su carne como un recordatorio visible.

אבל התפוח שימש גם כתזכורת לאב.

Pero la manzana también sirvió como recordatorio para el padre.

הוא הבין שאין להתייחס לגרגור כאל אויב.

Se dio cuenta de que no debía tratar a Gregor como a un enemigo.

כרגע מראהו עשוי להיות עצוב ומגעיל.

Actualmente su apariencia puede ser triste y repugnante.

אבל למרות זאת, הוא עדיין היה בן משפחתם.

Pero aún así, seguía siendo un miembro de su familia.

היה צריך לבלוע ולסבול את הרתיעה.

Había que aceptar la reticencia y tolerarla.

עקב הפצע שלו, ייתכן שיאבד את ניידותו לנצח.

Debido a su herida, es posible que haya perdido su movilidad para siempre.

הוא עדיין זחל בחדרו, אבל הרבה יותר לאט.

Todavía gateaba por su habitación, pero mucho más lento.

זחילה בכל גובה שהיא לא באה בחשבון.

Arrastrarse a cualquier altura estaba fuera de cuestión.

אבל גרגור אכן קיבל איזשהו פיצוי.

Pero Gregor recibió algún tipo de compensación.

בערב נפתחה לו דלת הסלון.

Por la noche se le abrió la puerta del salón.

והוא הרגיש שהפיצויים הללו היו הולמים לחלוטין.

Y consideró que estas reparaciones eran completamente adecuadas.

לפני הערב הוא כבר התחיל לשמור על הדלת.

Antes del anochecer ya había empezado a vigilar la puerta.

הוא שכב בחושך, בלתי נראה מהסלון.

Él yacía en la oscuridad, invisible desde la sala de estar.

הוא ראה את כל המשפחה ליד השולחן המואר.

Pudo ver a toda la familia en la mesa iluminada.

כעת הוא הורשה להאזין לשיחותיהם.

Ahora se le permitió escuchar sus conversaciones.

זה היה שונה למדי מההסדר הקודם שלהם.

Esto fue bastante diferente a su arreglo anterior.

השיחות הערות של פעם הסתיימו.

Las animadas conversaciones de tiempos pasados habían terminado.

אלו היו השיחות שהוא נהג להתגעגע אליהן.

Éstas eran las conversaciones que tanto anhelaba.

כשהוא ישן לבד בחדרי מלון קטנים.

Cuando dormía solo en pequeñas habitaciones de hotel.

כשהיה צריך להשליך את עצמו לתוך הסדינים הלחים.

Cuando tuvo que arrojarse entre las sábanas húmedas.

אבל הערבים עכשיו היו ברובם שקטים וללא אירועים מיוחדים.

Pero ahora las tardes eran en su mayoría tranquilas y sin acontecimientos.

האב נרדם בכורסתו לאחר ארוחת הערב.

El padre se quedó dormido en su sillón después de cenar.

והאם והאחות דחקו זו בזו לשתוק.

Y la madre y la hermana se animaban mutuamente a guardar silencio.

האם, נשענה הרחק מעל האור, תפרה פשתן.

La madre, inclinada hacia la luz, cosía lino.

היא תופרת שמלות לאחת מחנויות האופנה עכשיו.

Ahora ella hace vestidos para una de las tiendas de moda.

כמו גרגור, האחות קיבלה עבודה כמוכרת.

Al igual que Gregor, la hermana había conseguido un trabajo como vendedora.

היא למדה קצרנות וצרפתית בערבים.

Ella estaba aprendiendo taquigrafía y francés por las tardes.

כדי שאולי תוכל לקבל משרה טובה יותר בהמשך.

Para que más adelante pudiera tal vez conseguir un mejor puesto de trabajo.

לפעמים היה האב מתעורר משנת הערב שלו.

A veces el padre se despertaba de sus siestas nocturnas.

"יקירתי, כבר תופרת כל כך הרבה זמן היום"!

"¡Cariño, ya llevas un buen rato cosiendo hoy!"

נראה שהוא שכח שהוא ישן.

Parecía haber olvidado que había estado durmiendo.

אבל מיד הוא חזר לשנתו.

Pero inmediatamente volvió a caer en un sueño profundo.

והאם והאחות חייכו זו לזו בעייפות.

Y la madre y la hermana se sonrieron cansadamente.

האב פיתח עקשנות חדשה ומוזרה.

El padre había desarrollado una extraña y nueva terquedad.

אפילו בבית הוא סירב להוריד את מדי המשרת שלו.

Incluso en casa se negó a quitarse el uniforme de sirviente.

וחלוקו היה תלוי ללא תועלת על הקולב.

Y su bata colgaba inútilmente en la percha.

אז האב ישן, לבוש לגמרי, בכורסתו.

Así pues, el padre dormía, completamente vestido, en su sillón.

זה היה כאילו הוא תמיד היה מוכן לעשות את שירותו.

Era como si siempre estuviera dispuesto a prestar su servicio.

כאילו הוא רק חיכה לקול הממונה עליו.

Como si estuviera esperando la voz de su superior.

כתוצאה מכך, מדיו איבדו את ניקיונם.

Esto provocó que su uniforme perdiera su limpieza.

למרות שגם המדים לא היו חדשים כשהוא קיבל אותם.

Aunque el uniforme tampoco era nuevo cuando lo recibió.

והאם עשתה כמיטב יכולתה לטפל במדים.

Y la madre hizo todo lo posible para cuidar el uniforme.

גרגור בילה בילה ערבים שלמים בהתבוננות במדים האלה.

Gregor pasaba tardes enteras mirando este uniforme.

הוא צפה כיצד הזקן ישן באי נוחות רבה.

Observó cómo el anciano dormía de manera muy incómoda.

אבל בשנתו הוא גם שם לב למשהו שליו.

Pero mientras dormía también notó algo pacífico.

כשהשעון הכה עשר ניסתה האם להעיר אותו.

Cuando el reloj dio las diez la madre intentó despertarlo.

היא דיברה בשקט, ושכנעה אותו ללכת לישון.

Ella habló en voz baja y lo convenció de ir a la cama.

כי שינה על הכורסה לא הייתה שינה אמיתית.

Porque dormir en el sillón no era dormir de verdad.

הוא היה צריך להתחיל לעבוד בשעה שש.

Iba a tener que empezar a trabajar a las seis en punto.

אז הוא באמת היה צריך לישון הכי טוב שאפשר.

Así que realmente necesitaba dormir lo mejor posible.

אבל הוא נתפס על ידי סוג חדש של עקשנות.

Pero una nueva forma de terquedad se apoderó de él.

הפיכה למשרת החלה להשפיע עליו בצורה זו.

Convertirse en sirviente había comenzado a tener ese efecto en él.

אז הוא תמיד התעקש להישאר זמן רב יותר ליד השולחן.

Así que siempre insistía en quedarse más tiempo en la mesa.

למרות שהוא נרדם שוב בכיסאו באופן קבוע.

Aunque con regularidad volvía a quedarse dormido en su silla.

וניתן היה להזיז אותו רק בקושי רב ביותר.

Y sólo con la mayor dificultad pudo ser movido.

היה צריך לומר לו שהמיטה תהיה טובה יותר עבורו.

Tuvieron que decirle que la cama sería mejor para él.

האם והאחות נאלצו להתעקש עם אזהרות קטנות.

Madre y hermana tuvieron que insistir con pequeñas advertencias.

במשך חמש עשרה דקות הוא רק הניד בראשו באיטיות.

Durante quince minutos se limitó a menear lentamente la cabeza.

והוא עצם את עיניו, וסירב לקום.

Y mantuvo los ojos cerrados y se negó a levantarse.

האם משכה בשרוולו, בעדינות אך בתקיפות.

La madre tiró de su manga, suavemente, pero con firmeza.

והיא לחשה מילים מחמיאות באוזניו העייפות.

Y ella susurró palabras halagadoras en sus oídos cansados.

האחות עזבה את המשימה שהייתה עליה כדי לעזור לאמה.

La hermana abandonó la tarea que tenía entre manos para ayudar a su madre.

אבל אף אחד ממאמציהם לא עבד על האב.

Pero ninguno de sus esfuerzos funcionó con el padre.

הוא שקע עוד יותר עמוק בכיסאו, מוכן לישון.

Se hundió aún más en su silla, preparado para dormir.

ולבסוף הנשים אחזו בו מתחת לבתי השחי.

Y finalmente las mujeres lo agarraron por las axilas.

הוא פקח את עיניו והביט בהן לסירוגין.

Abrió los ojos y los miró alternativamente.

"איזה חיים אלה," הוא התלונן כשהלך לישון.

"¡Qué vida ésta!" se quejó al irse a dormir.

"האם זו השלווה שניתנה לי בזקנתי"?

"¿Es esta la paz que me ha sido dada en mi vejez?"

אבל אז, נשען על שתי הנשים, הוא קם, במבוכה.

Pero entonces, apoyándose en las dos mujeres, se levantó torpemente.

הוא התנהג כאילו הוא נושא את הנטל הכבד ביותר.

Actuó como si llevara la carga más pesada.

הוא נתן לשתי הנשים להוביל אותו לקצה החדר.

Dejó que las dos mujeres lo guiaran hasta el final de la habitación.

שם הוא בירך אותם לילה טוב, והמשיך בדרכו לבדו.

Allí les deseó buenas noches y continuó su camino.

אבל האם מיהרה לזרוק את ערכת התפירה שלה.

Pero la madre rápidamente arrojó su kit de costura.

וגם האחות הניחה את העט ואת הפנקס.

Y la hermana también dejó el bolígrafo y el bloc de notas.

והם רצו אחרי האב כדי לעזור לו עוד.

Y corrieron detrás del padre para ayudarle aún más.

למי במשפחה העמוסה הזאת היה זמן לגרגור?

¿Quién en esta familia sobrecargada de trabajo tenía tiempo para Gregor?

מי היה יכול לתת לו יותר תשומת לב מהנדרש?

¿Quién podría haberle prestado más atención de la necesaria?

תקציב משק הבית הלך והוגבל.

El presupuesto familiar se fue restringiendo cada vez más.

בסופו של דבר, כדי לחסוך כסף, הם נאלצו לפטר את המשרתת.

Al final, para ahorrar dinero, tuvieron que despedir a la criada.

היא הוחלפה באישה עבת עצמות ולבנה שיער.

Fue reemplazada por una mujer de cabello blanco y huesos gruesos.

אבל האישה הזאת באה רק בבקרים ובערבים.

Pero esta mujer venía sólo por la mañana y por la tarde.

וכל העבודה הכבדה והקשה ביותר נשמרה עבורה.

Y todo el trabajo más pesado y duro quedó guardado para ella.

כל שאר המטלות טופלו על ידי האם.

La madre se encargaba de todos los demás quehaceres.

אפילו קרה שנמכרו תכשיטי משפחה שונים.

Incluso ocurrió que se vendieron varias joyas familiares.

תכשיטים שהנשים ענדו בשמחה במהלך החגיגות.

Joyas que las mujeres lucieron felizmente durante las celebraciones.

גרגור למד זאת מאחד הדיונים הכלליים.

Gregor aprendió esto en una de las discusiones generales.

התלונה הגדולה ביותר, עם זאת, הייתה משהו אחר.

La mayor queja, sin embargo, fue otra.

הדירה הייתה גדולה מדי, אבל הם לא יכלו לעבור משם.

El apartamento era demasiado grande, pero no podían mudarse.

לא הייתה שום דרך שהם יכלו להעביר את גרגור.

No había manera de que pudieran reubicar a Gregor.

אבל גרגור הבין שזה לא רק שיקול דעת.

Pero Gregor se dio cuenta de que no era sólo una consideración.

משהו אחר מנע מהם לעבור למקום אחר.

Algo más les impidió mudarse a otro lugar.

אפשר היה להעביר אותו בקלות בקופסה מתאימה.

Podría haber sido fácilmente transportado en una caja adecuada.

תחושות חוסר התקווה המוחלט שלהם עיכבו אותם.

Sus sentimientos de completa desesperanza los frenaron.

הם לא רצו להודות שהאסון פגע בהם.

No querían admitir que la desgracia les había golpeado.

את מה שהעולם דורש מאנשים עניים, הם מילאו.

Lo que el mundo exige de los pobres, ellos lo cumplen.

האב הביא ארוחת בוקר לפקיד הבנק הקטן.

El padre le preparó el desayuno al pequeño empleado del banco.

האם הקריבה את עצמה למען כביסה של זרים.

La madre se sacrificó por la ropa de desconocidos.

האחות רצה הלוך ושוב כדי לקבל את הזמנות הלקוחות.

La hermana corría de un lado a otro para atender los pedidos de los clientes.

אבל פשוט לא היה להם כוח לעשות יותר.

Pero ya no tenían fuerzas para hacer más.

הפצע בגבו של גרגור התחיל לכאוב עוד יותר.

La herida en la espalda de Gregor comenzó a doler aún más.

בכל לילה האם והאחות הביאו את האב למיטה.

Cada noche, la madre y la hermana llevaban al padre a la cama.

הם השאירו את עבודתם במקום שהייתה, וישבו יחד.

Dejaron su trabajo donde estaba y se sentaron juntos.

והם התקרבו זה לזה, וישבו לחי אל לחי.

Y se acercaron más y se sentaron mejilla contra mejilla.

האם הצביעה על החדר שממנו צפה.

La madre señaló la habitación desde donde él observaba.

"תוכלי לסגור את הדלת?" היא שאלה את האחות.

"¿Podrías cerrar la puerta?" le preguntó a la hermana.

ואז גרגור נותר שוב לבדו בחושך.

Y entonces Gregor se quedó solo otra vez en la oscuridad.

ובחדר הסמוך ערבבה האישה את דמעותיהם.

Y en la habitación de al lado la mujer mezcló sus lágrimas.

או שהם ישבו בעיניים יבשות, ורק בהו בשולחן.

O bien se quedaban sentados con los ojos secos, simplemente mirando la mesa.

גרגור כמעט ולא ישן כלל, לא בלילה ולא ביום.

Gregor apenas durmió, ni de noche ni de día.

הוא חשב לעתים קרובות כיצד יוכל לעזור למשפחה.

A menudo pensaba en cómo podría ayudar a la familia.

הוא חשב להרוויח שוב את הכסף עבורם.

Pensó en ganar dinero nuevamente para ellos.

הוא חשב לעשות את מה שנהג לעשות עבורם.

Pensó en hacer lo que solía hacer por ellos.

במחשבותיו חזר הנציג המורשה.

En sus pensamientos regresó el representante autorizado.

והפעם גם הבוס הגיע לדירה.

Y esta vez el jefe también vino al apartamento.

וגם הפקידים והשוליות היו שם.

Y los oficinistas y los aprendices también estaban allí.

אפילו עובד המשרד איטי השכל בא לראות אותו.

Incluso el lento empleado de la oficina vino a verlo.

היו שם שניים או שלושה חברים מעסקים אחרים.

Había dos o tres amigos de otros negocios.

אחת המשרתות ממלון בפרובינציות.

Una de las camareras de un hotel de provincias.

זיכרון יקר וחולף שהוא ניסה להיאחז בו.

Un recuerdo querido y fugaz al que intentó aferrarse.

קופאי מחנות כובעים, אליו היו לו כוונות.

Una cajera de una sombrerería para quien tenía intenciones.

אבל הוא היה קצת איטי מדי כדי לזכות באישורה.

Pero había sido un poco lento en ganar su aprobación.

כולם הופיעו במחשבותיו, מעורבים עם זרים.

Todos ellos aparecieron en sus pensamientos, mezclados con desconocidos.

ואחרים לא הופיעו; הם כבר נשכחו.

Y otros no aparecieron, ya estaban olvidados.

אבל הם לא עזרו לו, וגם לא למשפחה.

Pero no le ayudaron a él ni tampoco a la familia.

הם היו בלתי נגישים, והוא שמח כשהם הלכו.

Eran inaccesibles y él se alegró cuando se fueron.

לא תמיד היה לו מצב רוח לדאוג למשפחה.

No siempre estaba de humor para preocuparse por la familia.

והוא התמלא זעם מחוסר תשומת הלב.

Y se llenó de rabia por la falta de atención.

והוא לא יכל לדמיין שום דבר שהוא חשק לו.

Y no podía imaginar nada que le apeteciera.

אבל הוא עדיין תכנן לפרוץ למזווה.

Pero aún así hizo planes para entrar en la despensa.

והוא עמד לקחת את כל מה שמגיע לו.

Y él iba a tomar todo lo que se merecía.

האחות כבר לא עשתה שום מאמץ מיוחד למענו.

La hermana ya no hacía ningún esfuerzo especial por él.

היא כבר לא בילתה זמן במחשבות על איך לרצות אותו.

Ella ya no pasaba el tiempo pensando en complacerlo.

לפני העבודה היא דחפה במהירות קצת אוכל לחדר.

Antes de ir a trabajar, rápidamente metió algo de comida en la habitación.

ובערב היא טאטאה שוב במהירות את האוכל.

Y por la noche volvió a barrer rápidamente la comida.

בין אם הוא אכל ובין אם לא היא כבר לא שמה לב.

Ya no se daba cuenta de si había comido o no.

לעתים קרובות יותר מאשר לא עכשיו האוכל נותר ללא מגע.

En la actualidad, la mayoría de las veces la comida se dejaba intacta.

היא עדיין סחפה במהירות את החדר בערב.

Ella todavía barría rápidamente la habitación por la noche.

אבל עכשיו היא עשתה את המינימום ההכרחי, הכי מהר שאפשר.

Pero ahora hizo lo mínimo, lo más rápido posible.

פסים של לכלוך נותרו לאורך הקירות.

Quedaron vetas de suciedad corriendo por las paredes.

כדורי אבק ואשפה נותרו זרוקים על הרצפה.

Bolas de polvo y basura quedaron tiradas en el suelo.

גרגור הראה את מורת רוחו מחוסר אכפתיותה.

Gregor mostró su desaprobación por su falta de cuidado.

הוא סובב את עצמו בזווית משמעותית במיוחד.

Se giró en un ángulo particularmente significativo.

אבל הוא היה יכול להישאר בתפקיד במשך שבועות.

Pero podría haber permanecido en el puesto durante semanas.

אחותו לא הייתה שמה לב לחוסר שביעות רצונו.

Su hermana no habría notado su insatisfacción.

היא ראתה את הלכלוך בדיוק כמוהו, אם לא טוב יותר.

Ella veía la suciedad tan bien como él, o incluso mejor.

אבל היא החליטה להשאיר את הלכלוך במקום שבו הוא היה.

Pero ella había decidido dejar la tierra donde estaba.

באותו זמן היא אימצה רגישות חדשה לגמרי.

En ese momento adoptó una sensibilidad completamente nueva.

היא הפכה את ניקיון חדרו של גרגור לאחריותה.

Ella había hecho de la limpieza de la habitación de Gregor su responsabilidad.

המשפחה התרגשה מהאכפתיות שלה.

La familia se sintió conmovida por su amable consideración.

פעם אחת, האם ניקתה את חדרו ביסודיות.

Una vez, la madre le había dado a su habitación una limpieza a fondo.

רק לאחר שימוש בכמה דליי מים היא הצליחה.

Sólo después de utilizar unos cuantos baldes de agua lo consiguió.

עם זאת, הלחות החדשה בחדר פגעה בגרגור.

Sin embargo, la nueva humedad en la habitación perjudicó a Gregor.

והוא שכב רחב, מריר וללא תנועה על הספה.

Y él yacía ancho, amargado e inmóvil en el sofá.

אבל זה היה רק העונש הראשון שלה על העזרה.

Pero ese fue sólo su primer castigo por ayudar.

האחות שמה לב במהירות לשינוי בחדרו של גרגור.

La hermana notó rápidamente el cambio en la habitación de Gregor.

והיא רצה לסלון, נעלבת קשות.

Y ella corrió a la sala, extremadamente insultada.

אמה הרימה את ידיה וניסתה להתחנן בפניה.

Su madre levantó las manos y trató de implorarle.

אבל למרות הסבר כן, היא פרצה בבכי.

Pero a pesar de una explicación sincera, ella rompió a llorar.

האב כמובן נבהל מהכיסא.

El padre, por supuesto, se sobresaltó y se levantó de la silla.

ושני ההורים הביטו, נדהמים וחסרי אונים.

Y los dos padres miraban asombrados e impotentes.

ובסופו של דבר גם רגשותיהם התערבבו.

Y con el tiempo sus emociones también se agitaron.

האב גער באם על מה שעשתה.

El padre reprochó a la madre lo que había hecho.

"היית צריך להשאיר את החדר כדי שגרטה תנקה".

"Deberías haber dejado la habitación para que Grete la limpiara."

גרטה צרחה על האם על שניקתה את חדרו.

Grete le gritó a la madre por limpiar su habitación.

"אסור לך לנקות את החדר שלו שוב לעולם"!

"¡Nunca más podrás limpiar su habitación!"

האם ניסתה לגרור את האב לחדר השינה.

La madre intentó arrastrar al padre al dormitorio.

האחות נותרה בחדר, רועדת ובוכה.

La hermana se quedó en la habitación, temblando y sollozando.

והיא דפקה על השולחן באגרופים הקטנים שלה.

Y golpeó la mesa con sus pequeños puños.

וגרגור לחש בקול רם בכעס על כולם.

Y Gregor, enojado, siseó fuertemente contra todos ellos.

למה אף אחד לא חשב לסגור לו את הדלת?

¿Por qué a nadie se le ocurrió cerrarle la puerta?

הם היו יכולים לחסוך ממנו את המראה והרעש הזה.

Podrían haberle ahorrado esta vista y este ruido.

האחות הייתה מותשת אחרי שחזרה הביתה מהעבודה.

La hermana estaba agotada después de llegar a casa del trabajo.

והדאגה לגרגור הייתה אפילו יותר עבודה עבורה.

Y cuidar a Gregor era aún más trabajo para ella.

אבל זה לא אומר שהאם הייתה צריכה לעשות את זה.

Pero eso no significaba que la madre debía haberlo hecho.

לעומת זאת, אסור להזניח את גרגור.

A Gregor, por el contrario, no hay que descuidarlo.

אבל עכשיו הייתה להם משרתת חדשה שיכלה לעשות דברים כאלה.

Pero ahora tenían una nueva criada que podía hacer esas
cosas.

אלמנה מבוגרת בעלת מבנה עצמות חזק.

Una viuda anciana que tenía una estructura ósea robusta.

קומה שעזרה לה לשרוד את חייה הקשים.

Una estatura que la ayudó a sobrevivir a su difícil vida.

לא הייתה לה סלידה אמיתית ממראהו של גרגור.

Ella no sentía ninguna aversión real hacia la apariencia de
Gregor.

היא פתחה בטעות את דלת חדרו של גרגור.

Ella había abierto accidentalmente la puerta de la habitación
de Gregor.

זה לא היה מתוך סקרנות מיוחדת לגבי החדר.

No fue por ninguna curiosidad particular sobre la habitación.

היא פשוט עשתה את עבודתה, ובמקרה פתחה את הדלת.

Ella simplemente estaba haciendo su trabajo y por casualidad
abrió la puerta.

גרגור, כמובן, היה מופתע ממנה לחלוטין.

Gregor, por supuesto, quedó completamente sorprendido por
ella.

לא רדפו אחריו, אבל הוא רץ הלוך ושוב.

No lo perseguían, sino que corría de un lado a otro.

והיא פשוט שילבה את זרועותיה, וצפתה בו זוחל.

Y ella simplemente cruzó sus brazos y lo observó gatear.

מאז, היא תמיד פתחה לו קצת את הדלת.

Desde entonces ella siempre le abría un poquito la puerta.

פעם אחת בבוקר היא נכנסה לראות מה שלומו.

Una mañana ella entró para ver cómo estaba.

ובערב היא בדקה מה שלומו, לפני שעזבה.

Y por la tarde ella fue a ver cómo estaba antes de irse.

בהתחלה היא גם ניסתה לקרוא לו שיבוא אליה.

Al principio ella también intentó llamarlo para que viniera con ella.

"בואי הנה, חיפושית זבל זקנה!" היא נהגה לומר.

"¡Ven aquí, viejo escarabajo pelotero!", solía decir.

או שהיא אמרה, "תראו את חיפושית הזבל הזקנה!", בידידותיות.

O ella dijo, "¡mira ese viejo escarabajo pelotero!", amigablemente.

גרגור מעולם לא הגיב כשדיברו אליו בצורה כזו.

Gregor nunca reaccionó cuando le hablaron de esa manera.

הוא נשאר שם, בלי לזוז, והתעלם ממנה.

Él permaneció allí, sin moverse, y la ignoró.

"אילו רק היו אומרים לה איך לעשות את עבודתה כמו שצריך".

"Si le hubieran dicho cómo hacer correctamente su trabajo."

"במקום להטריד אותי היא צריכה לנקות לי את החדר".

"En lugar de molestarme debería limpiar mi habitación."

פעם אחת מוקדם בבוקר ירד גשם כבד בחלונות.

Una mañana temprano una fuerte lluvia golpeó las ventanas.

אולי הגשם כבר היה סימן לאביב הקרב ובא.

Quizás la lluvia ya era una señal de la llegada de la primavera.

המשרתת התחילה לדבר אליו שוב כך.

La criada comenzó a hablarle de esa manera una vez más.

גרגור היה כה מריר עד שפנה אליה.

Gregor estaba tan amargado que se giró para mirarla.

הוא היה איטי וחלש, אבל זו הייתה סוג של התקפה.

Era lento y débil, pero fue una especie de ataque.

המשרתת, לעומת זאת, לא פחדה כלל מגרגור.

La criada, sin embargo, no tenía ningún miedo de Gregor.

במקום זאת, היא הרימה כיסא שהיה ליד הדלת.

En lugar de eso, levantó una silla que estaba cerca de la puerta.

והיא עמדה שם, בשלווה, פיה פעור לרווחה.

Y ella permaneció allí, tranquilamente, con la boca abierta.

כוונותיה היו ברורות, אפילו גרגור ראה זאת.

Sus intenciones eran claras, incluso Gregor podía verlo.

והוא הסתובב, לאט, למקומו המקורי.

Y se giró, lentamente, a su posición original.

"אז אתה לא רוצה להתקרב יותר, נכון?"

—Entonces no quieres acercarte más, ¿verdad?

והיא בשקט החזירה את הכיסא לפינה.

Y silenciosamente volvió a poner la silla en la esquina.

גרגור כמעט ולא אכל עוד כלום.

Gregor ya casi no comía nada.

לפעמים, בטיולים שלו בחדר, הוא עצר.

A veces, mientras caminaba por la habitación, se detenía.

והוא מצא את עצמו ליד האוכל שהוכן עבורו.

Y se encontró junto a la comida preparada para él.

הוא הכניס את האוכל לפיו, אבל רק כדי לשחק איתו.

Se llevó la comida a la boca, pero sólo para jugar con ella.

ולעתים קרובות הוא ירק את זה שוב אחרי כמה שעות.

Y muy a menudo lo escupía de nuevo al cabo de unas horas.

הוא ניסה למצוא סיבה לחוסר התיאבון שלו.

Trató de encontrar una razón para su falta de apetito.

אולי בגלל שהוא היה עצוב ממצב החדר שלו.

Quizás porque estaba triste por el estado de su habitación.

אבל הוא הסתדר עם השינויים בחדר.

Pero ya se había adaptado a los cambios que se producían en
la habitación.

לאחרונה חדרו הפך למעין מחסן.

Recientemente su habitación se había convertido en una
especie de almacén.

הם כבר התחילו להרגל להשאיר דברים שם.

Se habían acostumbrado a dejar las cosas allí.

ועכשיו נותרו דברים רבים כאלה בחדרו.

Y ahora quedaban muchas cosas así en su habitación.

מכיוון שחדר אחד בדירה הושכר.

Porque una habitación del apartamento estaba alquilada.

שלושה ג'נטלמנים רציניים שכרו את החדר יחד.

Tres caballeros serios alquilaban la habitación juntos.

גרגור הבחין בהם פעם דרך סדק בדלת.

Gregor los vio una vez a través de una rendija en la puerta.

היו להם זקנים מלאים, והם היו לבושים בקפידה.

Llevaban barbas pobladas y estaban vestidos meticulosamente.

הם הקפידו לשמור על הסדר והניקיון בכל דבר.

Eran escrupulosos en mantener todo ordenado.

ההתעקשות שלהם על סדר לא נעצרה בחדרם.

Su insistencia en el orden no se limitaba a su habitación.

היה צורך לשמור על ניקיון מושלם של כל הדירה.

Todo el apartamento tenía que mantenerse perfectamente limpio.

הם היו אפילו יותר בררנים לגבי איך שהמטבח נראה.

Eran aún más exigentes con el aspecto de la cocina.

והם לא יכלו לסבול שום עומס מיותר.

Y no podían tolerar ningún desorden innecesario.

הם גם הביאו איתם רהיטים משלהם.

También habían traído consigo sus propios muebles.

מסיבה זו, דברים רבים הפכו למיותרים.

Por esta razón muchas cosas se habían vuelto superfluas.

אלו היו דברים שאף אחד לא היה מוכן לשלם עליהם כסף.

Eran cosas por las que nadie pagaría dinero.

אבל גם המשפחה לא רצתה לזרוק את הדברים האלה.

Pero la familia tampoco quería deshacerse de estas cosas.

כל הדברים האלה הלכו איפשהו לחדרו של גרגור.

Todas estas cosas fueron a parar a la habitación de Gregor.

ארגז האפר מהמטבח נשמר כעת בחדרו.

El cajón de cenizas de la cocina ahora estaba guardado en su habitación.

והזבל נשמר בחדרו עד יום האשפה.

Y la basura se guardaba en su habitación hasta el día de la basura.

המשרתת זרקה כל דבר שלא היתה צריכה לחדרו.

La criada arrojó todo lo que no necesitaba en su habitación.

למרבה המזל הוא לא ראה יותר מאשר את היד והחפץ.

Afortunadamente no vio más que la mano y el objeto.

היא כנראה התכוונה לחזור לקחת את הדברים מאוחר יותר.

Probablemente tenía la intención de volver a buscar las cosas más tarde.

או שאולי היא רצתה לזרוק הכל בבת אחת.

O tal vez quería tirarlo todo de una vez.

עם זאת, הכל נשאר במקום בו נחת מלכתחילה.

Sin embargo, todo permaneció donde había quedado al principio.

אלא אם כן גרגור הזיז את הגרוטאות על ידי כך שהתפתל דרכן.

A menos que Gregor moviera la basura moviéndose a través de ella.

בהתחלה הוא נאלץ לזחול בין כל הגרוטאות.

Al principio se vio obligado a arrastrarse entre toda la basura.

לא הייתה לו שום אפשרות להימנע מכך.

No tenía posibilidad de evitarlo.

אבל מאוחר יותר הוא דווקא מצא הנאה בפעילות הזו.

Pero más tarde realmente encontró placer en esta actividad.

למרות שמאמץ כזה הותיר אותו עצוב ועייף מאוד.

Aunque tal esfuerzo lo dejó triste y profundamente cansado.

ולאחר מכן הוא לא היה מסוגל לזוז במשך שעות רבות.

Y después no pudo moverse durante muchas horas.

הדיירים אכלו לפעמים בסלון.

Los inquilinos a veces comían en la sala de estar.

דלת הסלון נותרה סגורה באותם ערבים.

La puerta del salón permanecía cerrada esas noches.

אבל לגרגור לא הייתה שום בעיה שלא לפתוח את הדלת עכשיו.

Pero a Gregor no le resultó difícil no abrir la puerta.

אפילו כשהדלת הייתה פתוחה הוא לא תמיד הסתכל החוצה.

Incluso cuando la puerta estaba abierta, no siempre miraba hacia afuera.

אבל הוא שכב בפינה החשוכה ביותר של החדר.

Pero él se acostó en el rincón más oscuro de la habitación.

גם המשפחה לא שמה לב לחוסר תשומת הלב שלו.

La familia tampoco notó su falta de atención.

אבל הייתה פעם אחת שהמשרתת השאירה את הדלת פתוחה.

Pero hubo una vez que la criada dejó la puerta abierta.

הדלת נותרה פתוחה גם כשהדיירים חזרו.

La puerta permaneció abierta incluso cuando los inquilinos
regresaron.

וַהֲדלת הייתה פתוחה כשהאור נדלק.

Y la puerta estaba abierta cuando se encendió la luz.

האיש ישב ליד השולחן שבו אכלה המשפחה ארוחת ערב.

El hombre se sentó a la mesa donde la familia cenaba.

אבא, אמא וגרגור ישבו שם בזמנים קדומים.

Allí se sentaron en el pasado el padre, la madre y Gregor.

הם פרשו את המפיות, ולקחו סכינים ומזלגות.

Desplegaron las servilletas y cogieron cuchillos y tenedores.

האם הופיעה בפתח הבית עם קערת בשר.

La madre apareció en la puerta con un plato de carne.

ואז נכנסה האחות עם קערה מלאה תפוחי אדמה.

Entonces la hermana entró con un cuenco lleno de patatas.

הדיירים התכופפו מעל הקערות שהוצבו לפניהם.

Los inquilinos se inclinaron sobre los cuencos colocados
delante de ellos.

העשן הכבד של האוכל עלה עד אפם.

El humo denso de la comida les llegaba hasta la nariz.

אבל הם עדיין לא החליטו אם יאכלו את האוכל.

Pero aún no habían decidido si comerían la comida.

אולי הם היו שולחים את הארוחה בחזרה למטבח.

Quizás enviarían la comida de vuelta a la cocina.

האיש שישב באמצע נראה כסמכות.

El hombre sentado en el medio parecía ser la autoridad.

הוא חתך את הבשר כדי לבדוק אם הוא רך מספיק.

Cortó la carne para determinar si estaba lo suficientemente
tierna.

הוא היה מרוצה מהריח והמראה של האוכל.

Estaba satisfecho con el olor y el aspecto de la comida.

האם והאחות הביטו בהן בדאגה.

La madre y la hermana los observaban ansiosamente.

והם החלו לחייך באנחת הקלה מצטברת.

Y empezaron a sonreír con un suspiro de alivio.

המשפחה עצמה עמדה לאכול במטבח.

La propia familia iba a comer en la cocina.

אבל קודם האב הלך לבדוק מה שלום הדיירים.

Pero primero el padre fue a ver cómo estaban los inquilinos.

הוא קד קידה פעם אחת, אוחז בידו בכובעו מהעבודה.

Hizo una reverencia, sosteniendo en su mano su gorra de trabajo.

והוא הלך במעגל סביב השולחן, לכל אורח

Y caminó en círculo alrededor de la mesa, hacia cada invitado.

כל הדיירים קמו, ממלמלים אל תוך זקניהם.

Todos los inquilinos se pusieron de pie y murmuraron algo entre dientes.

אחרי שהוא עזב הם אכלו כמעט בדממה מוחלטת.

Después de que él se fue, comieron en un silencio casi absoluto.

זה נראה מוזר לגרגור שהוא שמע לעיסה.

A Gregor le pareció extraño que pudiera oír la masticación.

שום היבט אחר של האכילה לא נראה שהשמיע קול.

Ningún otro aspecto de la alimentación parecía emitir ningún sonido.

אבל הוא שמע בבירור את השיניים חורקות זו בזו.

Pero podía oír claramente el rechinar de los dientes.

נראה שהם אומרים לו שהוא צריך שיניים כדי לאכול.

Parecían decirle que necesitaba dientes para comer.

"אי אפשר לעשות כלום אם הלסתות שלך חסרות שיניים".

"No puedes hacer nada si tus mandíbulas no tienen dientes".

"הייתי רוצה לאכול משהו," אמר גרגור בדאגה.

"Me gustaría comer algo", dijo Gregor ansiosamente.

"אבל אין לי תיאבון למה שכולכם אוכלים".

"Pero no tengo apetito para lo que están comiendo".

"תראו איך הדיירים האלה אוכלים, והנה אני גווע ברעב".

"Mira cómo comen estos huéspedes y yo aquí muriéndome de hambre".

גרגור במקרה חשב על הכינור באותו ערב.

Aquella noche Gregor pensó por casualidad en el violín.

הוא לא שמע את הכינור מאז השינוי.

No había oído el violín desde la transformación.

אבל אז, הערב, נשמע קול מהמטבח.

Pero entonces, esta noche, se oyó un ruido desde la cocina.

הגברים כבר סיימו את ארוחת הערב שלהם.

Los caballeros ya habían terminado su cena.

האדון האמצעי התחיל לקרוא עיתון.

El caballero del medio había comenzado a leer un periódico.

הוא נתן לשני הג'נטלמנים האחרים סדין כל אחד.

Les había dado a los otros dos caballeros una hoja a cada uno.

ועכשיו הם נשענו לאחור וקראו ועישנו.

Y ahora estaban recostados, leyendo y fumando.

כשהכינור התחיל לנגן, הם הפכו קשובים.

Cuando el violín empezó a sonar, se pusieron atentos.

הם קמו וצעדו על קצות אצבעותיהם אל דלת חדר ההמתנה.

Se levantaron y caminaron de puntillas hacia la puerta de la
antesala.

כאן הם עמדו צמודים זה לזה, מקשיבים בדלת.

Allí estaban, acurrucados juntos, escuchando desde la puerta.

המשפחה בטח שמעה את הגברים מהמטבח.

La familia debió haber escuchado a los hombres desde la
cocina.

כִּי הָאָב קָרָא אֲלֵיהֶם, וְשָׁאַל אֲלֵיהֶם;

Porque el padre los llamó y les preguntó;

"האם הכינור אולי לא נוח לג'נטלמנים"?

¿Acaso el violín resulta incómodo para los caballeros?

אם המוזיקה לא מוצאת חן בעיניך, נוכל להפסיק מיד.

"Si no te gusta la música podemos parar inmediatamente."

"להיפך," אמר אמצע האדונים.

"Al contrario", dijo el centro de los caballeros.

"האם הגברת הצעירה תרצה לנגן בכינור בחדר שלנו"?

"¿Le gustaría a la señorita tocar el violín en nuestra
habitación?"

"בהחלט הרבה יותר נוח ונעים כאן".

"Definitivamente es mucho más cómodo y acogedor aquí".

האב ענה כאילו היה הכנר בעצמו.

El padre respondió como si fuera el propio violinista.

"בבקשה, זה יהיה נפלא," קרא האב.

"Oh, por favor, eso sería maravilloso", exclamó el padre.

הגברים חזרו לסלון וחיכו.

Los caballeros regresaron a la sala de estar y esperaron.

עד מהרה נכנס האב לחדר עם מעמד התווים.

Pronto el padre entró en la habitación con el atril.

האם נכנסה לחדר עם ספר התווים.

La madre entró en la habitación con el libro de música.

והאחות נכנסה לחדר עם הכינור.

Y la hermana entró en la habitación con el violín.

היא הכינה הכל ברוגע כדי לנגן בכינור.

Ella preparó todo con calma para tocar el violín.

ההורים הגזימו בנימוס ובנימוסים שלהם.

Los padres exageraron su cortesía y modales.

הם מעולם לא השכירו חדרים לדיירים לפני כן.

Nunca antes habían alquilado habitaciones a huéspedes.

והם אפילו לא העזו לשבת על הכיסאות שלהם.

Y ni siquiera se atrevieron a sentarse en sus propias sillas.

במקום לשבת, האב נשען על הדלת.

En lugar de sentarse, el padre se apoyó contra la puerta.

ידו הימנית הייתה בין שני כפתורי מעילו.

Su mano derecha estaba entre dos botones de su abrigo.

לאם, לעומת זאת, הוצע כיסא על ידי ג'נטלמן.

Sin embargo, un caballero le ofreció una silla a la madre.

אבל היא ישבה במקום שבו האדון הציב את הכיסא.

Pero ella se sentó donde el caballero había colocado la silla.

והוא לא הציב את הכיסא בשום מקום מסוים.

Y no había colocado la silla en ningún lugar determinado.

אז האם ישבה בנפרד מכולם, בפינה.

Así que la madre se sentó apartada de todos, en un rincón.

ולבסוף האחות התחילה לנגן בכינור.

Y finalmente la hermana empezó a tocar el violín.

ההורים, משני הצדדים, הקדישו תשומת לב רבה.

Los padres, en lados opuestos, prestaron mucha atención.

והם עקבו בקפידה אחר כל תנועה של ידה.

Y observaban atentamente cada movimiento de su mano.

גרגור נמשך גם לנגינה בכינור.

Gregor también se sentía atraído por la interpretación del violín.

וְהוּא הֵעֵז לָצֵאת מֵחַדְרוֹ עוֹד קְצָת.

Y se aventuró a salir de su habitación un poco más lejos.

הוּא כְּבָר הָיָה עִם הָרֹאשׁ שֶׁלּוֹ בְּתוֹךְ הַסָּלוֹן.

Él ya estaba con la cabeza dentro de la sala.

הוּא נָהַג לְהִתְגָּאוֹת מְאוֹד בְּכָךְ שֶׁהוּא הָיָה מְאוֹד מִתְחַשֵּׁב.

Solía enorgullecerse de ser muy considerado.

אֲבָל לְאַחֲרוֹנָה הוּא כִּמְעַט וְלֹא הִטִּיל סָפֵק בְּחֹסֶר אִכְפָּתִיּוּתוֹ.

Pero últimamente casi no cuestiona su falta de cuidado.

לַמְרוֹת שֶׁהָיְתָה לוֹ יוֹתֵר סִבּוֹת לְהִסְתַּתֵּר עַכְשָׁיו מֵאֲשֶׁר קֹדֶם.

Aunque ahora tenía más motivos para esconderse que antes.

כִּי הַחֶדֶר שֶׁלּוֹ הָיָה מְכֻסֶּה בְּאָבָק וּבְלִכְלוּךְ אַחֵר.

Porque su habitación estaba cubierta de polvo y suciedad diversa.

כָּל תְּנוּעָה קַלָּה בְּיוֹתֵר גָּרְמָה לְסִחְרוּר כָּל מִינֵי לִכְלוּךְ.

El más leve movimiento levantaba todo tipo de suciedad.

כָּל הַלִּכְלוּךְ הַזֶּה נִדְבַּק אֵלָיו; אָבָק, שֵׂעָר, שְׁאֵרִיּוֹת אֹכֶל.

Toda esa suciedad se le pegó: polvo, pelo, restos de comida.

הוּא הָיָה יָכוֹל לְשַׁפְשֵׁף אֶת הַלִּכְלוּךְ מֵהַשָּׁטִיחַ.

Podría haber frotado la suciedad contra la alfombra.

זֶה הָיָה מַשֶּׁהוּ שֶׁהוּא נָהַג לַעֲשׂוֹת מִסְפַּר פְּעָמִים בַּיּוֹם.

Esto era algo que solía hacer varias veces al día.

אֲבָל אֲדִישׁוּתוֹ לְכָל דָּבָר הָיְתָה גְּדוֹלָה מִדַּי.

Pero su indiferencia hacia todo era demasiado grande.

אָז הוּא לֹא פָּחַד לְהִתְקַדֵּם קְצָת יוֹתֵר קָדִימָה.

Así que no tuvo miedo de avanzar un poco más.

וְהוּא עָבַר אֶל הָרִצְפָּה הַטְּהוֹרָה שֶׁל הַסָּלוֹן.

Y se trasladó al inmaculado suelo de la sala de estar.

אוּלָם, אִישׁ לֹא שָׂם לֵב אֵלָיו, אוֹ שָׂם לֵב אֵלָיו כְּלָל.

Sin embargo, nadie se dio cuenta ni le prestó atención.

הַמִּשְׁפָּחָה הָיְתָה שְׁקוּעָה לַחֲלוּטִין בַּקּוֹנְצֶרְט.

La familia estaba completamente absorta en el concierto.

הַגֶּ'נְטְלְמֶנִים, לְעֻמַּת זֹאת, נָסוֹגוּ בַּתְּחִלָּה.

Los caballeros, por el contrario, inicialmente se retiraron.

וְהֵן עָמְדוּ קָרוֹב מֵאֲחוֹרֵי מַעֲמַד הַתָּוִים שֶׁל הָאָחוֹת.

Y se quedaron cerca, detrás del atril de la hermana.

אם היו מסתכלים, היו יכולים לראות את תווי המוזיקה.

Si hubieran mirado habrían podido ver las notas musicales.

זה, כמובן, היה מפריע לאחות.

Esto, por supuesto, habría perturbado a la hermana.

אחר כך הם עמדו ליד החלון, במקום לשבת.

Luego se quedaron de pie junto a la ventana, en lugar de
sentarse.

כשידיהם בכיסים הם המשיכו לדבר.

Con las manos en los bolsillos seguían hablando.

הם נשארו שם בעוד האב צופה בהם בדאגה.

Permanecieron allí mientras el padre observaba ansiosamente.

למישהו היה הרושם שהיו להם ציפיות אחרות.

Uno tenía la impresión de que tenían otras expectativas.

ונראה היה שהם באמת התאכזבו.

Y realmente parecía como si se hubieran decepcionado.

נראה היה שהם הספיקו מההופעה.

Parecía que ya estaban hartos de la actuación.

הם אפשרו לכינור להפריע את שלוותם.

Habían permitido que el violín perturbara su paz.

והם סבלו את המוזיקה רק מתוך נימוס.

Y sólo toleraban la música por cortesía.

איך הם נשפו את העשן היה מטריד במיוחד.

Lo que más me desconcertó fue cómo expulsaron el humo.

ובכל זאת היא ניגנה בכינור בצורה כל כך יפה.

Y aún así, tocaba el violín maravillosamente.

פניה היו מוטות בעדינות הצידה, על הכינור.

Su rostro estaba inclinado suavemente hacia un lado, sobre el
violín.

עיניה סקרו בעצב לאורך קווי המוזיקה.

Sus ojos buscaban con tristeza las líneas musicales.

גרגור הרגיש שהוא נמשך קצת יותר לסלון.

Gregor se sintió atraído un poco más hacia la sala de estar.

הוא שמר את ראשו קרוב לקרקע, אך הביט למעלה.

Mantuvo la cabeza cerca del suelo, pero miró hacia arriba.

אולי כך מבטה של אחותו יפגוש את עיניו.

Tal vez de esta manera la mirada de su hermana podría encontrarse con la suya.

האם באמת אפשר לומר שהוא היה סתם חיה?

¿Puede realmente decirse que era sólo un animal?

האם הוא היה חיה אם מוזיקה יכלה לרתק אותו כל כך?

¿Era un animal si la música podía cautivarlo tanto?

הוא הרגיש כאילו הוצגה לו דרך אל מזון לא ידוע.

Sintió como si le mostraran un camino hacia una alimentación desconocida.

אולי זו הייתה המזון שחסר לו.

Quizás éste era el sustento que le faltaba.

הוא היה נחוש בדעתו לעשות את דרכו לעבר אחותו.

Estaba decidido a dirigirse hacia su hermana.

הוא רצה למשוך את החצאית שלה כדי למשוך את תשומת ליבה.

Quería tirar de su falda para llamar su atención.

הוא רצה לתת לה רמז להזמנה.

Quería darle una indicación de una invitación.

"בוא ותנגן בכינור בחדרי", הוא רצה לומר.

"Ven a tocar el violín en mi habitación", quiso decir.

הוא רצה שהיא תקבל תגמול על המוזיקה היפה שלה.

Él quería que ella fuera recompensada por su hermosa música.

"אף אחד כאן לא מתגמל אותך על נגינה בכינור".

"Aquí nadie te recompensa por tocar el violín".

הוא לא רצה לתת לה לצאת מחדרו יותר.

Él ya no quería dejarla salir de su habitación.

הוא רצה שהיא תישאר איתו כל עוד הוא חי.

Él quería que ella permaneciera con él mientras viviera.

לראשונה, לשינוי שלו הייתה תועלת.

Por primera vez su transformación tuvo un beneficio.

העיוות שלו סוף סוף עמד להפוך לשימושי עבורו.

Su deformidad finalmente iba a serle útil.

הוא רצה להיות בכל ארבע הדלתות בו זמנית.

Quería estar en las cuatro puertas simultáneamente.

הוא רצה לנשוף ולירוק לעברם מכל זווית.

Quería silbarles y escupirles desde todos los ángulos.

אסור לאלץ את אחותו להישאר איתו.

Su hermana no debería verse obligada a quedarse con él.

הוא רצה שהיא תבחר להישאר איתו מרצונה.

Él quería que ella eligiera quedarse con él voluntariamente.

היא התכוונה לשבת לידו ולהתכופף לעברו.

Ella iba a sentarse a su lado e inclinarse hacia él.

והוא עמד לספר לה על בית הספר למוזיקה.

Y le iba a contar sobre la escuela de música.

הייתה לו כוונה ברורה לשלוח אותה לאקדמיה.

Tenía la firme intención de enviarla a la academia.

הוא היה מספר לכולם על חג המולד האחרון הזה.

Se lo habría contado a todo el mundo la pasada Navidad.

האם חג המולד באמת כבר הגיע וחלף שוב?

¿Ya había llegado y pasado realmente la Navidad?

והוא לא היה נותן לאף אחד להניא אותו מכך.

Y no habría dejado que nadie le disuadiera de ello.

אבל אז התאונה המצערת עצרה הכל.

Pero entonces el desafortunado accidente lo detuvo todo.

האחות הייתה מוצפת רגשות.

La hermana se habría sentido abrumada por la emoción.

ואז גרגור היה מטפס על כתפה.

Y entonces Gregor se habría subido hasta su hombro.

והוא היה מנחם אותה בנשיקת צווארה.

Y la habría consolado besándole el cuello.

"מר סמסא!" קרא האיש שבאמצע אל האב.

—¡Señor Samsa! —gritó el hombre del medio al padre.

הוא הצביע עם האצבע המורה כלפי מטה על גרגור.

Señalaba con su dedo índice hacia Gregor.

גרגור נע באיטיות על פני רצפת הסלון.

Gregor se movía lentamente por el suelo de la sala de estar.

נגינת הכינור השתתקה במהירות רבה.

El sonido del violín se silenció muy rápidamente.

הגברים האמצעי מבין שלושת הגברים חייך לחבריו.

El del medio de los tres hombres sonrió a sus amigos.

אחר כך הוא הניד בראשו והביט בחזרה בגרגור.

Luego meneó la cabeza y volvió a mirar a Gregor.

האב היה יכול לאלץ את גרגור לחזור לחדרו.

El padre podría haber obligado a Gregor a regresar a su habitación.

אבל זו לא הייתה הפעולה הראשונה שהוא החליט עליה.

Pero esa no fue la primera acción que decidió tomar.

הוא חשב שחשוב יותר להרגיע את האדונים.

Pensó que era más importante calmar a los caballeros.

למרות שהם לא באמת היו נסערים כלל מגרגור.

Aunque en realidad no estaban molestos en absoluto por Gregor.

גרגור נראה יותר משעשע מנגינה בכינור.

Gregor parecía más entretenido que tocar el violín.

הוא מיהר לעברם כשזרועותיו מושטות קדימה.

Corrió hacia ellos con los brazos extendidos.

הוא ניסה כמיטב יכולתו לכסות את דעתם על גרגור.

Estaba intentando hacer lo mejor que podía para ocultar su visión de Gregor.

והוא ניסה לעודד אותם לחזור לחדרם.

Y trató de animarlos a regresar a su habitación.

אם כבר, זה דווקא קצת הרגיז אותם.

En realidad, esto los hizo enfadar un poco.

אבל היה קשה לומר מה בדיוק הרגיז אותם.

Pero era difícil decir exactamente qué les molestaba.

האב הרס את הבידור של הלילה.

El padre estaba arruinando la diversión de la noche.

אבל הם גם בדיוק שמעו על שותפתם החדשה לדירה.

Pero también acababan de enterarse de su nuevo compañero de piso.

הם הרימו את ידיהם בדיוק כמו שעשה האב.

Levantaron las manos tal como lo había hecho el padre.

הם דרשו הסבר מיידי מהאב.

Exigieron una explicación inmediata al padre.

הם משכו בחוסר שקט בזקנם בחיפוש אחר תשובה.

Se tiraron inquietos de la barba esperando una respuesta.

והם נעו אחורה לחדרם, אבל לאט מאוד.

Y retrocedieron hasta su habitación, pero muy lentamente.

ההפרעה הכניסה את האחות לטראנס.

La interrupción había dejado a la hermana en trance.

היא נתנה לכינור ולקשת להיתלות לצדה.

Dejó que el violín y el arco colgaran a su lado.

והיא הסתכלה על התווים כאילו עדיין מנגנת.

Y ella miraba la partitura como si todavía estuviera tocando.

אבל אז פתאום היא משכה את עצמה חזרה לחדר.

Pero de repente ella regresó a la habitación.

ועכשיו היא התגברה על תחושת האבודה.

Y ahora había superado el sentimiento de estar perdida.

היא הניחה את כלי הנגינה על ברכי אמה.

Ella colocó el instrumento musical en el regazo de su madre.

האם ישבה בכיסא, נושמת בכבדות.

La madre estaba sentada en la silla, respirando con dificultad.

ואז האחות הייתה צריכה לרוץ לחדר הסמוך.

Y entonces la hermana tuvo que correr a la habitación de al lado.

היא הייתה צריכה להכין הכל עבור הג'נטלמנים.

Tenía que dejar todo listo para los caballeros.

היא זרקה את השמיכות והכריות לאוויר.

Ella arrojó las mantas y los cojines al aire.

ובידיה המיומנות סידרה את כל המצעים.

Y con sus manos expertas dispuso toda la ropa de cama.

היא סיימה לפני שהג'נטלמנים הגיעו לחדר.

Terminó antes de que los caballeros llegaran a la habitación.

והיא חמקה החוצה לפני שהפריעה להם.

Y ella se escabulló antes de interponerse en su camino.

נראה היה שהאב נלכד בעקשנותו שלו.

El padre parecía estar dominado por su propia terquedad.

וכך הוא שכח את כל הכבוד שחייב לדיירים שלו.

Y así olvidó todo respeto que debía a sus inquilinos.

הוא דחף ודחף עד שדוברם התנגד.

Empujó y empujó hasta que su portavoz se opuso.

הוא רקע ברגלו בכעס כשהגיע לדלת.

Al llegar a la puerta, dio una patada furiosa.

ובכך הוא הביא את האב לקיפאון.

Y con esto logró detener al padre.

"אני מצהיר בזאת," הוא החל לפנות לבעל הבית שלו.

"Por la presente declaro", comenzó dirigiéndose a su propietario.

והוא הרים את ידו, מביט בכל המשפחה.

Y levantó la mano, mirando a toda la familia.

"לגבי התנאים המגעילים של החדר";

"En cuanto a las repugnantes condiciones de la habitación;"

והוא וידא שכולם מקשיבים לדבריו.

Y se aseguró de que todos escucharan sus palabras.

אני מודיע בזאת שאני מפנה את חדרי.

"Por la presente, le comunico que desocuparé mi habitación".

והוא הוסיף והדגיש את טענתו על ידי יריקה על הקרקע.

Y reiteró su punto escupiendo en el suelo.

"וגם לא אשלם על הימים שגרתי כאן".

"Tampoco pagaré por los días que he vivido aquí."

עם זאת, הוא לא היה מרוצה לחלוטין מהחזר זה.

Sin embargo, no estaba completamente satisfecho con este reembolso.

"ואשקול להגיש נגדך דרישות נוספות".

"Y consideraré hacer otras demandas contra usted."

"תאמינו לי, יהיה קל מאוד להצדיק דרישות כאלה".

Créeme, tales exigencias serán muy fáciles de justificar.

הוא שתק והביט ישר קדימה, אל האב.

Él permaneció en silencio y miró directamente al padre.

הוא נראה כאילו ציפה שיקרה משהו נוסף.

Parecía estar esperando que sucediera algo más.

למעשה, לשני חבריו עלה מיד אותו רעיון.

De hecho, sus dos amigos inmediatamente tuvieron la misma idea.

"אנחנו גם מבטלים את החדרים שלנו," הם אמרו פה אחד.

"También estamos cancelando nuestras habitaciones", dijeron al unísono.

אחר כך הוא תפס את ידית הדלת וסגר אותה.

Luego agarró la manija de la puerta y cerró la puerta.

ובקול חבטה חזק הם סגרו את עצמם בחדרם.

Y con un fuerte estruendo se encerraron en su habitación.

האב התנודד אל כיסאו בידיים מגששות.

El padre se tambaleó hasta su silla con manos torpes.

והוא נתן לעצמו ליפול לתוך הכיסא, מובס.

Y se dejó caer en la silla, derrotado.

זה נראה כאילו הוא הולך לשנת הערב הרגילה שלו.

Parecía como si fuera a echar su siesta vespertina habitual.

אבל ראשו הנהן כמעט כאילו לא נתמך.

Pero su cabeza asintió casi como si no tuviera apoyo.

וניתן היה לראות שהוא בכלל לא ישן.

Y se podía ver que no estaba durmiendo en absoluto.

לאורך כל זה גרגור לא זז ממקומו.

Durante todo este tiempo Gregor no se había movido de su
sitio.

הוא עדיין היה במקום שבו ראו אותו האדונים לראשונה.

Todavía estaba donde los caballeros lo habían visto por
primera vez.

אפילו אם רצה לעבור דירה, הוא מצא זאת בלתי אפשרי.

Incluso si hubiera querido moverse, le resultó imposible.

בגלל אכזבתו, או בגלל רעבונו.

Por su decepción, o por su hambre.

הוא היה מאוכזב מכישלון תוכניתו.

Estaba decepcionado por el fracaso de su plan.

והוא היה חלש מהרעב הממושך שחש.

Y estaba débil por el hambre prolongada que sentía.

הוא היה בטוח שכולם יתנפלו עליו בכל רגע נתון.

Estaba seguro de que en cualquier momento todos se
volverían contra él.

עם ציפייה זו לקריסה קרובה הוא המתין.

Con esta expectativa de colapso inminente, esperó.

הכינור התחיל להחליק מחיקה של האם.

El violín empezó a deslizarse del regazo de la madre.

בצליל מהדהד נפל הכינור ארצה.

Con un sonido resonante el violín cayó al suelo.

אבל אפילו צליל ההתרסקות הפתאומי הזה לא הבהיל אותו.

Pero ni siquiera ese repentino ruido estrepitoso lo sobresaltó.

"הורים יקרים", אמרה האחות, "זה לא יכול להימשך."

«Queridos padres», dijo la hermana, «esto no puede continuar».

והיא הטיחה את ידה על השולחן כדי להבהיר את דבריה.

Y golpeó la mesa con la mano para dejar claro su punto.

"לא אגיד את שמו של אחי בפני המפלצת הזאת".

"No diré el nombre de mi hermano delante de este monstruo".

"זו הסיבה שאני אומר את זה בצורה הכי בוטה שאפשר:

"Por eso lo digo lo más claramente posible:"

"אין לנו ברירה אלא להיפטר מהחיה הזאת".

"No tenemos otra opción que deshacernos de este animal".

"עשינו כמיטב יכולתנו לסבול ולטפל בחיה הזו".

"Hicimos lo mejor que pudimos para tolerar y cuidar a este animal".

אני לא חושב שמישהו יכול להאשים אותנו ולו במעט".

"No creo que nadie pueda culparnos en lo más mínimo".

"היא צודקת פי אלף," הסכים האב.

"Tiene mil veces razón", asintió el padre.

האם עדיין לא התאוששה לחלוטין מנשימתה.

La madre aún no había recuperado del todo el aliento.

היא התחילה להשתעל בעמימות לתוך ידה, נושמת בכבדות.

Ella empezó a toser sordamente en su mano, respirando con dificultad.

והבעת פנים מטורפת החלה לצוץ בעיניה.

Y una expresión de locura comenzó a surgir en sus ojos.

האחות מיהרה אל אמה ואחזה במצחה.

La hermana corrió hacia su madre y le sujetó la frente.

נראה היה שהאב קיבל השראה מדברי האחות.

El padre pareció inspirarse en las palabras de la hermana.

ומחשבותיו נראו ברורות יותר מבעבר.

Y sus pensamientos parecían ser más claros que antes.

הוא הפסיק להנהן בראשו, וישב שוב זקוף.

Dejó de asentir con la cabeza y volvió a sentarse derecho.

והוא שיחק בכובע של משרתו, שקוע במחשבות.

Y jugaba con la gorra de sirviente, sumido en sus pensamientos.

הצלחות של הדיירים עדיין היו על השולחן.

Los platos de los inquilinos todavía estaban sobre la mesa.

ולפעמים הוא הביט לעבר גרגור הדומם.

Y a veces miraba hacia el silencioso Gregor.

"אנחנו חייבים לנסות להיפטר מזה", אמרה לו האחות.

"Tenemos que intentar deshacernos de él", le dijo la hermana.

האם הייתה עסוקה מדי בשיעול מכדי להקשיב.

La madre estaba demasiado ocupada tosiendo como para escuchar.

"זה יהרוג את שניכם, אני כבר רואה את זה מגיע".

"Los matará a ambos, ya lo veo venir."

"אנחנו לא יכולים להמשיך לעבוד קשה כל כך כולנו".

"No podemos seguir trabajando tan duro como lo hacemos todos."

"וכל יום אנחנו צריכים לחזור הביתה לעינוי הזה".

"Y cada día tenemos que volver a casa y encontrarnos con esta tortura."

"אנחנו לא יכולים לסבול את זה יותר. אני לא יכול לסבול את זה".

"No podemos soportarlo más. No puedo soportarlo."

היא נפלה אל אמה בפרץ אחרון של דמעות.

Ella cayó ante su madre en un último estallido de lágrimas.

הדמעות זלגו על פניה ועל פניה של אמה.

Las lágrimas cayeron por su rostro y sobre el de su madre.

והיא ניגבה את הדמעות בתנועה מכנית.

Y se secó las lágrimas con un movimiento mecánico.

"ילד שלי," אמר האב בקול רחום.

"Hijo mío", dijo el padre con voz compasiva.

בקולו נשמעה אמפתיה עמוקה והבנה.

Había profunda simpatía y comprensión en su voz.

"אבל מה עלינו לעשות?" הוא הודה שאינו יודע.

«Pero ¿qué debemos hacer?», confesó no saberlo.

האחות רק משכה בכתפיה בחוסר אונים.

La hermana simplemente se encogió de hombros con impotencia.

והביטחון הקודם שלה הוחלף שוב בדמעות.

Y su confianza anterior fue reemplazada nuevamente por lágrimas.

"אילו רק היה מבין אותנו," אמר האב בקול רם.

«Si nos entendiera», dijo el padre en voz alta.

והוא כמעט הטיל ספק אם גרגור אולי הבין.

Y se preguntó si tal vez Gregor entendía.

האחות פשוט לחצה את ידה באלימות תוך כדי בכי.

La hermana simplemente sacudió su mano violentamente
mientras lloraba.

ולכן היא אותתה שאין לחשוב על הרעיון.

Y entonces ella señaló que no se debía pensar en esa idea.

"אבל רק אילו היה מבין אותנו," חזר האב.

«¡Si nos comprendiera!», repitió el padre.

הוא עצם את עיניו וחשב על תשובתה של האחות.

Cerrando los ojos consideró la respuesta de la hermana.

"אם הוא יבין, אפשר יהיה להגיע להסכם איתו".

"Si lo entendiera se podría llegar a un acuerdo con él."

"אבל מאחר שהדברים מתנהלים כפי שהם"...

"Pero estando las cosas como están..."

"זה חייב להיעלם," קראה האחות, "זו הדרך היחידה".

"Tiene que irse", gritó la hermana, "es la única manera".

"אתה חייב להיפטר מהמחשבה שזה גרגור".

"Tienes que deshacerte de la idea de que es Gregor".

"זה שהאמנו בזה כל כך הרבה זמן הוא אסון אמיתי שלנו".

"Que lo hayamos creído durante tanto tiempo es nuestra
verdadera desgracia."

"אבל איך זה יכול להיות גרגור?" היא שאלה את אביה.

«¿Pero cómo puede ser Gregor?», le preguntó a su padre.

"הוא ידע שחיה כזו לא יכולה להתקיים בדו-קיום עם בני אדם".

"Sabía que un animal así no podía coexistir con los humanos".

גרגור היה עוזב אותנו מזמן, מרצונו החופשי.

Gregor nos habría abandonado hace mucho tiempo,
voluntariamente.

"זה נכון, אז לא היה לנו אח".

"Es cierto, entonces no tendríamos ningún hermano."

"אבל נוכל להמשיך לחיות ולכבד את זכרו".

"Pero podríamos seguir viviendo y honrar su memoria".

"אבל החיה הזאת רודפת אותנו ומבריח את הדיירים שלנו".

"Pero esta bestia nos persigue y ahuyenta a nuestros
labradores."

"ברור שהוא רוצה להשתלט על כל הדירה".

"Es evidente que quiere apoderarse de todo el apartamento".

"החיה הזאת רוצה לגרום לנו לישון ברחוב".

"Esta bestia quiere hacernos dormir en la calle."

"תראה, אבא," היא קראה לפתע, "הוא שוב זז"!

«Mira, padre», gritó de repente, «¡se mueve otra vez!»

והיא עשתה דבר שאפילו גרגור לא יכל להבין.

E hizo algo que ni siquiera Gregor pudo entender.

היא דחפה את עצמה הצידה, כאילו הקריבה את האם.

Ella se apartó, como sacrificando a la madre.

והיא רצה מאחורי אביה ליתר ביטחון.

Y ella corrió detrás de su padre buscando algún tipo de
seguridad.

האב היה נסער רק בגלל שבתו היתה נסערת.

El padre estaba agitado únicamente porque su hija lo estaba.

אבל אז גם הוא קם, והרים את זרועותיו מעליה.

Pero entonces él también se levantó y levantó los brazos sobre
ella.

אבל לגרגור לא היתה שום כוונה להפחיד אף אחד.

Pero Gregor no tenía intención de asustar a nadie.

הוא במיוחד לא חשב להפחיד את אחותו.

Sobre todo no pensó en asustar a su hermana.

הוא פשוט ניסה להסתובב חזרה לכיוון החדר שלו.

Él sólo estaba intentando regresar a su habitación.

אבל במצבו שהלך והחמיר, אפילו זה היה קשה.

Pero dado que su estado estaba empeorando, incluso esto era
difícil.

ולא היתה לו יותר שימוש מלא בכל רגליו.

Y ya no tenía pleno uso de todas sus piernas.

אז הוא השתמש בראשו כדי להרים את גופו ולסובב את עצמו.

Entonces usó su cabeza para levantar su cuerpo y girar.

הוא עצר לרגע, והביט סביב בחיפוש אחר אישור המשפחה.

Hizo una pausa y miró a su alrededor esperando la
aprobación de la familia.

נראה כי כוונתו הטובה זכתה להכרה.

Su buena intención parecía haber sido reconocida.

תנועתו הייתה עבורם רק הלם רגעי.

Su movimiento sólo había sido un shock momentáneo para ellos.

עכשיו כולם הביטו בו בדממה אומללה.

Ahora todos lo miraban en un silencio infeliz.

האם עדיין שכבה בכורסה, מותשת.

La madre seguía tumbada en el sillón, exhausta.

האב והאחות ישבו זה ליד זה.

El padre y la hermana estaban sentados uno al lado del otro.

"אולי עכשיו הם יאפשרו לי להסתובב," חשב גרגור.

«Quizás ahora me dejen dar la vuelta», pensó Gregor.

והוא המשיך לבצע את תנועת הסיבוב המגושמת שלו.

Y continuó haciendo su torpe movimiento de giro.

הוא לא הצליח לדכא את אנחות המאמץ המזדמנות.

No podía reprimir los jadeos ocasionales de esfuerzo.

והוא נאלץ לנוח כמה פעמים בין לבין.

Y se vio obligado a descansar un par de veces entre uno y otro.

אף אחד לא גרם לו למהר עכשיו; זה היה תלוי בו.

Ya nadie le obligaba a apresurarse; la decisión estaba en sus manos.

בסופו של דבר הוא השלים את הסיבוב האיטי והכואב.

Al final completó el giro lento y doloroso.

הוא מיד התחיל ללכת ישר חזרה לחדרו.

Inmediatamente comenzó a caminar directamente de regreso a su habitación.

הוא נדהם מכמה רחוק הוא היה מחדרו.

Se sorprendió de lo lejos que estaba de su habitación.

איך, למרות חולשתו, הוא הגיע לשם קודם?

¿Cómo, a pesar de su debilidad, había llegado allí antes?

הוא עבר כמעט באותו מסלול בלי לשים לב.

Había recorrido casi el mismo camino sin darse cuenta.

הוא פשוט התרכז בזחילה הכי מהר שהוא יכול עכשיו.

Ahora él sólo se concentró en gatear tan rápido como podía.

היעדר תגובות מצד אף אחד לא הפריע לו.

La falta de comentarios por parte de alguien no le inquietó.

רק כשהיה כבר בדלת הוא סובב את ראשו.

Sólo cuando ya estaba en la puerta giró la cabeza.

אבל הוא לא היה מסוגל להסתובב כדי להביט לאחור לחלוטין.

Pero no pudo darse la vuelta para mirar hacia atrás por completo.

כי הוא הרגיש את צווארו מתקשח עוד יותר כשהסתובב.

Porque sintió que su cuello se ponía aún más rígido al girarse.

אבל הוא ראה ששום דבר לא השתנה מאחוריו בכל מקרה.

Pero vio que de todas formas nada había cambiado detrás de él.

ההבדל היחיד היה שאחותו קמה.

La única diferencia fue que su hermana se puso de pie.

מבטו האחרון הראה שאמו נרדמה.

Su última mirada mostró que su madre se había quedado dormida.

ברגע שהוא היה בתוך חדרו, הדלת נסגרה.

Tan pronto como estuvo dentro de su habitación la puerta se cerró.

וברגע שנסגרה הדלת, ננעלה הבולד.

Y tan pronto como la puerta se cerró, el cerrojo quedó bloqueado.

גרגור נבהל מהרעש הבלתי צפוי מאחור.

Gregor se asustó por el ruido inesperado que se oía detrás.

ורגליו התכופפו תחתיו מההפתעה הפתאומית.

Y sus piernas se doblaron bajo él por la repentina sorpresa.

זו הייתה האחות שמיהרה אל הדלת מאחוריו.

Fue la hermana quien corrió hacia la puerta detrás de él.

היא כבר עמדה שם זקופה, וחיכתה לו.

Ella ya se encontraba allí de pie, esperándolo.

לאחר מכן היא קפצה קדימה בקלילות מבלי שגרגור שמע.

Luego saltó hacia delante ligeramente sin que Gregor la oyera.

"סוף סוף!" היא קראה בקול רם, כשהיא סובבה את המפתח.

"¡Por fin!" gritó en voz alta mientras giraba la llave.

"מה עכשיו?" שאל גרגור את עצמו, לבדו בחושך.

"¿Y ahora qué?", se preguntó Gregor, solo en la oscuridad.

עד מהרה גילה שהוא כבר לא יכול לזוז כלל.

Pronto descubrió que ya no podía moverse en absoluto.

אבל הוא לא באמת הופתע מחוסר התנועה שלו.

Pero no le sorprendió realmente su inmovilidad.

היכולת לנוע על רגליים כל כך דקות נראתה מגוחכת.

Poder moverse con piernas tan delgadas parecía ridículo.

הוא לא ידע איך הוא אי פעם הצליח לעשות את זה.

No sabía cómo había sido capaz de hacerlo.

אבל חוץ מזה הוא הרגיש יחסית בנוח.

Pero aparte de eso se sentía relativamente cómodo.

זה נכון שהוא הרגיש כאב עמוק בכל גופו.

Es cierto que sentía un dolor profundo en todo el cuerpo.

אבל נראה היה שהכאב הולך ונחלש.

Pero el dolor parecía hacerse cada vez más débil.

והוא הרגיש כאילו הכאב בסופו של דבר ייעלם.

Y sintió que el dolor eventualmente desaparecería.

הוא בקושי הרגיש עוד את התפוח הרקוב בגבו.

Ya casi no sentía la manzana podrida en su espalda.

הוא חשב על משפחתו ברגש ובאהבה.

Pensó en su familia con emoción y amor.

הוא הרגיש את רגשותיה של אחותו אפילו יותר ממנה.

Sintió las emociones de su hermana incluso más que ella misma.

היא צדקה במה שאמרה; הוא היה חייב לעזוב.

Ella tenía razón en lo que había dicho: él tenía que irse.

הוא בילה זמן מה במצב ריק ושלווה זה.

Pasó algún tiempo en ese estado vacío y pacífico.

השעון צלצל שלוש פעמים, בשקט אך בתקיפות.

El reloj dio tres veces, silenciosamente, pero con firmeza.

גרגור נשלף בעדינות מהרהוריו.

Gregor fue sacado suavemente de sus meditaciones.

הוא צפה באור הבוקר נכנס לאיטו לחדרו.

Observó cómo la luz de la mañana entraba lentamente en su habitación.

אז צנח ראשו כליל, ללא רצונו.

Entonces su cabeza se hundió por completo, sin su voluntad.

ונשימתו האחרונה זרמה חלושות מנחיריו.

Y su último aliento fluyó débilmente de su nariz.

המשרתת נכנסה לחדרו מוקדם בבוקר.

La criada entró en su habitación temprano en la mañana.

היא לא מצאה שום דבר יוצא דופן במהלך ביקורה הקצר הרגיל.

No encontró nada inusual durante su corta visita habitual.

מתוך כוח וחיפזון, היא טרקה את כל הדלתות.

Con fuerza y prisa cerró de golpe todas las puertas.

לא הייתה אפשרות לישון שלווה בכל הדירה.

No fue posible dormir tranquilo en todo el apartamento.

היא התבקשה להימנע מלעשות זאת בבוקר.

Le habían pedido que evitara hacer esto por la mañana.

היא חשבה שהוא שוכב שם כל כך ללא תנועה בכוונה.

Ella pensó que él yacía allí inmóvil a propósito.

אולי הוא רצה להראות לה שהוא נעלב.

Quizás quería demostrarle que estaba ofendido.

היא סמכה עליו שיש לו כל מיני אינטליגנציה.

Ella confiaba en que él tenía todo tipo de inteligencia.

היא במקרה החזיקה את המטאטא הארוך בידה.

Ella sostenía por casualidad la escoba larga en su mano.

אז, מהדלת, היא ניסתה לדגדג קצת את גרגור.

Entonces, desde la puerta, intentó hacerle un poco de cosquillas a Gregor.

היא קצת התעצבנה שהוא בכלל לא הגיב.

Ella estaba un poco molesta porque él no respondió en absoluto.

אז היא דחפה אותו קצת יותר בחוזקה הפעם.

Así que esta vez lo empujó un poco más firmemente.

כשהוא לא הראה התנגדות, היא בחנה אותו מקרוב.

Cuando él no ofreció resistencia, ella lo miró más de cerca.

עד מהרה היא הבינה מה באמת קרה לגרגור.

Pronto se dio cuenta de lo que realmente le había sucedido a Gregor.

היא פתחה את עיניה לרווחה, ושרקה לעצמה.

Abrió más los ojos y silbó para sí misma.

אבל היא לא בזבזה זמן רב לפני שפתחה את הדלת.

Pero no perdió mucho tiempo antes de abrir la puerta.

והיא קראה בקול גדול אל תוך החושך:

Y clamó a gran voz en la oscuridad:

"בוא ותראה, הנה זה שוכב, מת לגמרי".

"Ven a echarle un vistazo, ahí está, completamente muerto."

שני ההורים ישבו זקוף במיטת נישואיהם.

Los dos padres estaban sentados erguidos en el lecho conyugal.

ראשית הם היו צריכים להתגבר על הלם הרעש.

Primero tuvieron que superar el impacto del ruido.

אבל אז הם לאט לאט התחילו להבין את המסר שלה.

Pero poco a poco empezaron a comprender su mensaje.

מר וגברת סמסא קפצו כל אחד מהצד שלו של המיטה.

El señor y la señora Samsa saltaron cada uno de su lado de la cama.

מר סמסא כיסה את השמיכה העבה על כתפיו.

El señor Samsa se echó la gruesa manta sobre los hombros.

וגברת סמסא יצאה החוצה רק כשהיא לבושה בכתונת הלילה שלה.

Y la señora Samsa salió sin nada más que su camisón.

וכך הם נכנסו לחדרו של גרגור.

Y así entraron en la habitación de Gregor.

בינתיים, גם דלת הסלון נפתחה.

Mientras tanto, la puerta de la sala de estar también se había abierto.

גרטה ישנה שם מאז שהדיירים עברו לגור שם.

Grete había dormido allí desde que los inquilinos se mudaron.

היא הייתה לבושה לגמרי כאילו לא ישנה כלל.

Estaba completamente vestida como si no hubiera dormido en absoluto.

גם פניה החיוורות נראו כהוכחה לחוסר שינה.

Su rostro pálido también parecía demostrar su falta de sueño.

"הוא מת?" שאלה גברת סמסא, כשהיא מביטה במשרתת.

"¿Está muerto?" preguntó la señora Samsa, mirando a la criada.

היא יכלה לאשר זאת על ידי התבוננות בו בעצמה.

Ella podría haberlo confirmado mirándolo ella misma.

"אני חושבת שכן," אמרה המשרתת, כשהיא מרימה את המטאטא.

"Creo que sí", dijo la criada cogiendo la escoba.

והיא דחפה את גופו למרחק רב על הרצפה.

Y ella empujó su cuerpo muy lejos por el suelo.

גברת סמסא עשתה תנועה כאילו רצתה לעצור אותה.

La señora Samsa hizo un movimiento como si quisiera detenerla.

אבל בסופו של דבר היא נתנה למשרתת להחליק את גרגור מסביב.

Pero al final dejó que la criada llevara a Gregor de un lado a otro.

"ובכן," אמר מר סמסא, "סוף סוף נוכל להודות לאל".

—Bueno —dijo el señor Samsa—, por fin podemos dar gracias a Dios.

הוא עשה את סימן הצלב; ראש, חזה, כתפיים.

Hizo la señal de la cruz; cabeza, pecho, hombros.

ושלוש הנשים הלכו בעקבות דוגמתו הדתית.

Y las tres mujeres siguieron su ejemplo religioso.

גרטה, שלא הסירה את עיניה מהגופה, אמרה;

Grete, que no apartaba la vista del cadáver, dijo:

"תראו כמה הוא היה רזה, הוא לא אכל כל כך הרבה זמן".

"Mira qué delgado estaba, hacía tanto tiempo que no comía."

"האוכל שהשארתי לו כל בוקר תמיד לא נגע בו".

"La comida que le dejaba cada mañana siempre estaba intacta."

למעשה, גופו של גרגור היה שטוח ויבש לחלוטין.

De hecho, el cuerpo de Gregor estaba completamente plano y seco.

זה היה גלוי יותר עכשיו כשהוא היה על הקרקע.

Esto era más visible ahora que estaba en el suelo.

כי גופו כבר לא הורם על ידי רגליו.

Porque su cuerpo ya no era levantado por sus piernas.

ומכיוון שלא היה שום דבר אחר שהסיח את הנוף.

Y porque no había nada más que distrajera la vista.

"בואי איתנו לזמן מה, גרטה," אמרה גברת סמסא.

—Ven un rato con nosotros, Grete —dijo la señora Samsa.

חיוך כואב עלה על שפתיה בזמן שדיברה.

Había una sonrisa dolorosa en sus labios mientras hablaba.

גרטה עקבה אחריהם, אך גם הביטה לאחור אל הגופה.

Grete los siguió, pero también miró hacia el cadáver.

העוזרת סגרה את הדלת ופתחה את החלון לחלוטין.

La criada cerró la puerta y abrió completamente la ventana.

זה היה עדיין מוקדם, כך שהאוויר בדרך כלל היה קר.

Todavía era temprano, por lo que normalmente el aire estaría frío.

אבל הייתה גם תערובת של חמימות באוויר הקר.

Pero también había una mezcla de calidez en el aire frío.

כמו תזכורת רכה לכך שעכשיו סוף מרץ.

Como un suave recordatorio de que ya era finales de marzo.

שלושת הדיירים יצאו כעת גם הם מחדרם.

Los tres inquilinos ahora también salieron de su habitación.

הם הביטו סביב בתדהמה אחר ארוחת הבוקר שלהם.

Miraron a su alrededor con asombro en busca de su desayuno.

ארוחת הבוקר נשכחה בגלל מה שהעוזרת מצאה.

El desayuno fue olvidado por lo que encontró la criada.

"איפה ארוחת הבוקר?" רטן הג'נטלמן האמצעי.

"¿Dónde está el desayuno?" se quejó el caballero del medio.

המשרתת הניחה את אצבעה על פיה כדי להורות על שקט.

La criada se llevó el dedo a la boca para ordenar silencio.

והיא נופפה בחיפזון ובשקט לאדונים.

Y ella rápidamente y en silencio saludó a los caballeros.

המשרתת הובילה את שלושת הגברים לחדר.

La criada acompañó a los tres caballeros a la habitación.

והיא המשיכה להסביר להם מה קרה.

Y continuó explicándoles lo que había sucedido.

ושלושת הג'נטלמנים עמדו סביב גופתו של גרגור.

Y los tres caballeros estaban alrededor del cadáver de Gregor.

כשידיהם בכיסים הם הביטו למטה.

Con las manos en los bolsillos miraron hacia abajo.

אור הבוקר הציף את החדר לחלוטין כעת.

La luz de la mañana ahora había inundado completamente la habitación.

ואז נפתחה דלת חדר השינה ומר סמסה הופיע.

Entonces se abrió la puerta del dormitorio y apareció el señor Samsa.

מצד אחד הייתה אשתו, ומצד שני בתו.

A un lado estaba su esposa y al otro su hija.

מר סמסא כבר לבש את מדיו בשלב זה.

Para entonces el señor Samsa ya llevaba puesto su uniforme.

אפשר היה לראות שכולם בכו קצת.

Se podía ver que todos habían estado llorando un poco.

גרטה לחצה את פניה אל זרועו של אביה.

Grete presionó su cara contra el brazo de su padre.

"עזוב את דירתי מיד!" ציווה מר סמסא.

"¡Sal de mi apartamento inmediatamente!" ordenó el señor Samsa.

והוא הצביע על הדלת מבלי לשחרר את הנשים.

Y señaló la puerta sin dejar salir a las mujeres.

"למה אתה מתכוון?" שאל האיש באמצע, מבולבל.

"¿Qué quieres decir?" preguntó el intermediario desconcertado.

והוא עשה כמיטב יכולתו לחייך במתיקות למר סמסא.

Y él hizo lo mejor que pudo para sonreír dulcemente al señor Samsa.

השניים האחרים החזיקו את ידיהם מאחורי גבם.

Los otros dos llevaban las manos tras la espalda.

והם שפשפו את ידיהם זו בזו בציפייה.

Y se frotaron las manos con anticipación.

נראה שהם ציפו לריב קולני.

Parecía que esperaban que se produjera una fuerte pelea.

אבל הם נראו שמחים מהוויכוח הקרב ובא.

Pero ellos parecían estar contentos con la discusión que se avecinaba.

הם חשבו שהסכסוך יתחיל להוביל לטובתם.

Creían que la disputa sería a su favor.

"אני מתכוון בדיוק למה שאמרתי כרגע," ענה מר סמסא.

"Quiero decir exactamente lo que acabo de decir", respondió el señor Samsa.

הוא הלך בקו ישר עם שני חבריו.

Caminó en línea recta con sus dos compañeros.

ומר סמסא פנה ישירות לאדון המוביל שלהם.

Y el señor Samsa se dirigió directamente a su caballero principal.

האדון עמד תחילה דומם, מביט אל הקרקע.

El caballero primero se quedó quieto, mirando al suelo.

תוכן ראשו עדיין התארגן.

El contenido de su cabeza todavía estaba ordenándose.

"בסדר, נלך," הוא אמר, והרים את מבטו אל מר סמסה.

—Está bien, nos vamos —dijo y miró al señor Samsa.

ענווה חדשה כאילו השתלטה עליו לפתע.

Una nueva humildad pareció apoderarse de él de repente.

והוא נראה כאילו ביקש רשות להחלטה הזו.

Y parecía estar pidiendo permiso para esta decisión.

מר סמסא פקח את עיניו לרווחה והנהן קלות.

El señor Samsa abrió mucho los ojos y asintió un poco.

האדונים מילאו מיד אחר פקודותיו.

Los caballeros obedecieron inmediatamente su orden.

והם למעשה עשו צעדים ארוכים לתוך המסדרון.

Y efectivamente dieron largos pasos por el pasillo.

חבריו כבר הפסיקו לשפשף את ידיהם.

Sus amigos ya habían dejado de frotarse las manos.

הם הקשיבו לאופן שבו השיחה התנהלה.

Habían estado escuchando cómo iba la conversación.

ועכשיו הם רצו אחריו, כאילו מפחדים.

Y ahora corrían tras él, como si tuvieran miedo.

מר סמסא עדיין עלול לבודד אותם ממנהיגם.

El señor Samsa aún podría aislarlos de su líder.

הם שלפו את המקלות שלהם ממיכל המקלות.

Sacaron sus palos del contenedor.

והם קדו קדה בדממה לפני שעזבו את הדירה.

Y se inclinaron en silencio antes de salir del apartamento.

מר סמסא ושתי הנשים יצאו מהחצר הקדמית.

El señor Samsa y las dos mujeres salieron del patio delantero.

אבל למעשה לא היתה להם סיבה לפקפק בגברים.

Pero en realidad no tenían motivos para desconfiar de los hombres.

הם נשענו על המעקה כדי לבדוק אם הלכו.

Se apoyaron en la barandilla para comprobar si se habían ido.

שלושת הג'נטלמנים אכן ירדו במדרגות.

Los tres caballeros efectivamente estaban bajando las escaleras.

בעיקול מסוים של גרם המדרגות הם נעלמו.

En un determinado recodo de la escalera desaparecieron.

ואז גרם המדרגות החזיר אותם לטווח ראייה.

Y entonces la escalera los trajo de nuevo a la vista.

הופעה והיעלמויות אלו חזרות על עצמן בכל קומה.

Esta aparición y desaparición se repite en cada piso.

אבל בסופו של דבר הם כמעט הגיעו לתחתית.

Pero al final casi habían llegado al fondo.

ככל שהם התקדמו, כך הם היו פחות מעניינים.

Cuanto más avanzaban, más aburridos parecían.

כולם חזרו הביתה, כאילו חשים הקלה.

Todos regresaron a casa, como si se sintieran aliviados.

הם החליטו לנצל את היום למנוחה ולצאת לטיול.

Decidieron aprovechar el día para descansar y salir a pasear.

הם הרגישו שמגיעה להם ההפסקה הזו מעבודתם.

Sentían que merecían este descanso de su trabajo.

לא רק שמגיעה להם ההפסקה הזאת, הם היו צריכים אותה.

No sólo merecían este descanso, sino que lo necesitaban.

הם התיישבו ליד השולחן כדי לכתוב מכתבי התנצלות.

Se sentaron a la mesa para escribir cartas de disculpas.

מר סמסא כתב מכתב התנצלות להנהלתו.

El señor Samsa escribió una carta de disculpas a su dirección.

גברת סמסא כתבה מכתב התנצלות ללקוחותיה.

La señora Samsa escribió su carta de disculpas a sus clientes.

וגרטה כתבה את מכתב ההתנצלות שלה למנהלת שלה.

Y Grete escribió su carta de disculpa a su director.

בזמן שכולן כתבו, נכנסה המשרתת לחדר.

Mientras todos escribían, la criada llegó a la habitación.

עבודת הבוקר שלה הסתיימה, אז היא הלכה הביתה.

Su trabajo de la mañana había terminado, por lo que se dirigía
a casa.

שלושת הסופרים הנהנו תחילה, מבלי להרים את מבטם.

Los tres escritores asintieron al principio, sin levantar la vista.

אבל נראה שהמשרתת עדיין לא רצתה לעזוב.

Pero la criada no parecía querer irse todavía.

היא חיכתה מעט, עד ששלושת הסופרים הרימו את מבטם.

Esperó un poco, hasta que los tres escritores levantaron la
vista.

"נו?" שאל מר סמסא, כועס, כמו האחרים.

"¿Y bien?" preguntó el señor Samsa, enojado como los demás.

המשרתת עמדה בפתח הבית עם חיוך על פניה.

La criada estaba parada en la puerta con una sonrisa en su
rostro.

היא נתנה את הרושם שיש לה חדשות טובות לדווח.

Dio la impresión de tener buenas noticias que informar.

אבל היא לא התכוונה לשתף את החדשות אלא אם כן תתבקש לעשות
זאת.

Pero ella no iba a compartir la noticia a menos que se lo
pidieran.

נוצת היען הזקופה שעל כובעה התנדנדה קלות.

La pluma de avestruz erguida sobre su sombrero se
balanceaba ligeramente.

נוצת היען הזו תמיד הרגיזה את מר סמסא.

Aquella pluma de avestruz siempre había molestado al señor
Samsa.

"אז מה את רוצה?" שאלה גברת סמסא בתקיפות.

—Entonces, ¿qué quieres? —preguntó la señora Samsa con
firmeza.

למשרתת עדיין היה הרבה כבוד לגברת סמסא.

La criada todavía tenía mucho respeto por la señora Samsa.

"כן", היא ענתה, ופרצה בצחוק ידידותי.

"Sí", respondió ella y soltó una carcajada amistosa.

לרגע צחוקה עצר אותה מלדבר.

Por un momento su risa le impidió hablar.

"אתה לא צריך לדאוג לגבי הדבר הזה שליד".

"No tienes que preocuparte por esa cosa de al lado".

"כבר קבעתי איך ניפטר מזה".

"Ya he decidido cómo nos desharemos de él".

גברת סמסה וגרטה המשיכו לכתוב את מכתביהן.

La señora Samsa y Grete continuaron escribiendo sus cartas.

אבל מר סמסא שם לב שהמשרתת עדיין לא סיימה.

Pero el señor Samsa se dio cuenta de que la criada aún no
había terminado.

עכשיו היא רצתה לתאר הכל ביתר פירוט.

Ahora quería describir todo con más detalle.

אך הוא הושיט את ידו כדי לדחות את מאמציה.

Pero él extendió su mano para rechazar sus esfuerzos.

היא הבינה שהם לא מתעניינים בתוכניות שלה.

Se dio cuenta de que no estaban interesados en sus planes.

ואז היא נזכרה בחיפזון הגדול שהייתה בו.

Y entonces recordó la gran prisa en la que había estado.

"אז צ'או," היא אמרה, נעלבה מחוסר העניין.

"Ciao entonces", dijo ella, insultada por la falta de interés.

אבל לפני שהיא עזבה היא טרקה את הדלת בחוזקה נוראית.

Pero antes de irse cerró la puerta de un golpe terriblemente
fuerte.

"היא תפוטר בערב", אמר מר סמסא.

"La despedirán esta noche", dijo el señor Samsa.

אבל אשתו ובתו היו עסוקות מדי מכדי לענות לו.

Pero su esposa y su hija estaban demasiado ocupadas para
responderle.

משום שהמשרתת הטרידה את שלוותם שזה עתה זכתה.

Porque la criada había perturbado la paz recién adquirida.

האם והבת קמו כדי לגשת לחלון.

La madre y la hija se levantaron para ir a la ventana.

וכשזרועותיהם חובקות זו את זו הן נשארו שם.

Y abrazados se quedaron allí.

מר סמסא הסתובב בכיסאו כדי להביט בהם.

El señor Samsa se giró en su silla para mirarlos.

ולזמן מה הוא צפה בהם בשקט עומדים שם.

Y por un rato los observó en silencio mientras estaban allí de pie.

לבסוף הוא קרא להם, "תבואו אליי"?

Finalmente les gritó: "¿Queréis venir a mí?"

"בואו נשכח מכל הדברים הישנים האלה, טוב"?

"Olvidémonos de todas esas cosas viejas, ¿de acuerdo?"

"בוא אליי ותן לי קצת מתשומת לבך".

"Ven a mí y dame un poco de tu atención."

שתי הנשים עשו כדבריו, ומיהרו אליו.

Las dos mujeres hicieron lo que él les dijo y corrieron hacia él.

הם נתנו לו חיבוק חם, ונישקו אותו.

Le dieron un abrazo cariñoso y le besaron.

הם חזרו במהירות כדי לסיים לכתוב את מכתביהם.

Regresaron rápidamente para terminar de escribir sus cartas.

לאחר מכן שלושתם עזבו את הדירה יחד.

Luego los tres abandonaron el apartamento juntos.

הם לא יצאו מהבית יחד במשך חודשים.

No habían salido juntos de casa desde hacía meses.

והם נסעו בחשמלית לפאתי העיר.

Y tomaron el tranvía hasta las afueras de la ciudad.

כל קרון החשמלית היה להם לעצמם.

Tenían todo el vagón del tranvía para ellos solos.

אור שמש חדר פנימה מבעד לחלון מבחוץ.

La luz del sol entraba a raudales por la ventana desde el exterior.

המשפחה נשענה לאחור בנוחות במושביה.

La familia se reclinó cómodamente en sus asientos.

והם דנו בסיכויים לעתידם.

Y discutieron las perspectivas para su futuro.

בבדיקה מדוקדקת יותר, הסיכויים שלהם לא היו רעים.

Al examinarlos más de cerca, sus perspectivas no eran malas.

לשלושתם היו עבודות עם פוטנציאל להרוויח יותר.

Los tres tenían trabajos con potencial para ganar más.

הם מעולם לא שאלו זה את זה על עבודתם.

Nunca se habían preguntado sobre su trabajo.

אבל עכשיו סוף סוף היה להם זמן לדון בדברים כאלה.

Pero ahora finalmente tenían tiempo para discutir esas cosas.

הייתה להם גם אפשרות לעבור לדירה קטנה יותר.

También tenían la opción de mudarse a un apartamento más pequeño.

תהיה לכך ההשפעה הגדולה ביותר על חייהם.

Esto tendría el mayor impacto en sus vidas.

גרגור בחר את דירתם הנוכחית.

Su apartamento actual había sido elegido por Gregor.

אבל עכשיו הם יוכלו לעבור למקום זול יותר.

Pero ahora podrían mudarse a algún lugar más asequible.

דירה קטנה יותר, אבל במקום יותר פרקטי.

Un apartamento más pequeño, pero en un lugar más práctico.

הדיבורים על העתיד חזרו לגרטה להיות תוססת יותר.

Hablar sobre el futuro hizo que Grete se sintiera nuevamente más animada.

מר וגברת סמסה שמו לב גם לשינויים אחרים בה.

El señor y la señora Samsa también notaron otros cambios en ella.

לחייה החווירו מכל דאגותיה.

Sus mejillas se habían vuelto pálidas por todas sus preocupaciones.

אבל עכשיו בתם פרחה והפכה לגברת נאה.

Pero ahora su hija se estaba convirtiendo en una bella dama.

היא באמת הייתה עכשיו אישה צעירה, בנויה היטב ויפה.

Ahora ella realmente era una joven bien formada y hermosa.

הוריה השתתקו והעריצו את בתם.

Sus padres guardaron silencio y admiraron a su hija.

הם הביטו זה בזה, מתקשרים באופן לא מודע.

Se miraron el uno al otro comunicándose inconscientemente.

"בקרוב יגיע הזמן למצוא לה גבר טוב".

"Pronto llegará el momento de encontrar un buen hombre para ella."

החשמלית הגיעה ליעדה והאטה.

El tranvía había llegado a su destino y redujo la velocidad.

בתם כאילו אישרה את חלומותיהם החדשים.

Su hija pareció confirmar sus nuevos sueños.

היא הייתה הראשונה שקמה ומותחת את גופה הצעיר.
Ella fue la primera en levantarse y estirar su joven cuerpo.